Über den Abgrund

Holger Niederhausen

Über den Abgrund

Das Menschenwesen hat eine tiefe Sehnsucht nach dem Schönen, Wahren und Guten. Diese kann von vielem anderen verschüttet worden sein, aber sie ist da. Und seine andere Sehnsucht ist, auch die eigene Seele zu einer Trägerin dessen zu entwickeln, wonach sich das Menschenwesen so sehnt. Diese zweifache Sehnsucht wollen meine Bücher berühren, wieder bewusst machen, und dazu beitragen, dass sie stark und lebendig werden kann. Was die Seele empfindet und wirklich erstrebt, das ist ihr Wesen. Der Mensch kann ihr Wesen in etwas unendlich Schönes verwandeln, wenn er beginnt, seiner tiefsten Sehnsucht wahrhaftig zu folgen...

1. Auflage September 2015

© Holger Niederhausen · Alle Rechte vorbehalten
Herstellung und Verlag:
BoD – Books on Demand, Norderstedt
ISBN 978-3-7386-4897-3

Gott ist die Liebe;
und wer in der Liebe bleibt,
der bleibt in Gott
und Gott in ihm.

1. Joh. 4,16

Scheinbar plötzlich war die Veränderung eingetreten. Joachim Bauer, ein Mann von Mitte vierzig, hatte sich an einem Samstag im Mai auf eine Parkbank gesetzt, und schon dies war ein Teil der Veränderung gewesen. Eigentlich war er auf dem Weg zum Markt gewesen. Jede zweite Woche war dies seine Aufgabe, der Wochenendeinkauf. Der Markt lag gleich hinter dem Park, von seinem Platz aus konnte man die ersten Stände bereits sehen. Später würde er noch oft an diesen Tag zurückdenken und sich jedes Mal fragen, warum er sich auf die Bank gesetzt hatte. Es war etwas Merkwürdiges – jahrelang geht man eine bestimmte Strecke, ohne sich jemals auf diese Bank zu setzen ... und plötzlich setzte man sich. Bauer war tatsächlich kein Mann, der sich auf Parkbänke setzte. Nach seiner Ausbildung zum Buchhalter hatte er nun vierundzwanzig Jahre in diesem Beruf gearbeitet, bei drei verschiedenen Firmen, und er hatte jede seiner Pflichten ernst genommen. Das Sitzen auf Parkbänken gehörte nicht dazu. Also hatte er dies auch nie getan.

Aber dann, an diesem dritten Samstag im Mai, saß er auf einmal auf dieser Bank. Später, im Rückblick, kam ihm alles ein wenig wie ein Traum vor. Als er sich am Abend desselben Tages an diese Momente zurückerinnerte, meinte er, noch einmal genau jenes Gefühl zu spüren, das er hatte, als er vor der Bank stand und, wie von einer unbekannten Macht berührt, nicht weiterging, sondern sich hinsetzte. Es war ein Gefühl wie eine flüchtige Traurigkeit, flüchtig und doch uralt-schwer. Er hatte sich hingesetzt und im Sich-Setzen eine große Müdigkeit empfunden. Dann hatte er alles aus einer neuen Perspektive gesehen – aus der Perspektive einer Parkbank und aus der Perspektive dieser Müdigkeit, die sein Leben verändern sollte.

Gleichsam benommen von dem neuen Zustand, in dem er sich befand, blickte er auf die Welt, die ihn umgab, und nahm alles auf einmal seltsam unwirklich wahr. War es die Welt, die unwirklich wurde, oder war es sein eigenes Leben und er selbst, die unwirklich wurden? Er erinnerte sich noch an das Lachen der beiden Mädchen, die an ihm vorbeigegangen waren, in ausgelassenem Gespräch. Dann war eine alte Frau gefolgt, einen Rollwagen vor sich her schiebend. Und dann noch viele andere Menschen. Er hatte all diese Menschen an sich vorübergehen sehen und ihnen ins Gesicht geblickt, als würde er dort etwas suchen. In Wirklichkeit jedoch war er dabei, sich darüber klarzuwerden, was er selbst hier eigentlich tat.

Er hatte nicht gewusst, wie lange er dort gesessen hatte. Erst als er vom Markt zurückgekehrt war, hatte er wieder auf die Uhr gesehen. Eine halbe Stunde etwa musste es gewesen sein. Diese halbe Stunde war es, die ihn eigentümlich sanft, aber unwiderruflich aus seinem bisherigen Leben und Sein hinauswarf. Denn genau dies geschah, als er die Menschen an sich vorübergehen sah. Er begann zum ersten Mal zu *sehen* – die Menschen, die Welt, den Gang der Welt, an ihm vorbei...

Er saß da, und die Welt ging weiter, ohne ihn, der einfach da saß und all dies registrierte.

Die Mädchen – waren nicht Teil seines Lebens. Die alte Frau – auch nicht. Die anderen Menschen – auch nicht. Und er? Was war eigentlich sein Leben? Sein Leben lief an dem Leben all dieser Menschen ebenfalls vorbei. Unbeteiligt. Einfach so. Leben neben Leben, ohne Zusammenhang, ohne Begegnung, ohne Wichtigkeit.

Er erinnerte sich im Rückblick auch, wie er in diesem Moment einmal kurz gelächelt hatte – wie man lächelt in einem kurzen Bedauern über etwas, was so ist, wie es ist, ohne dass man es ändern kann. Die Menschen waren weiter an ihm vorbeigegangen, jeder für sich, manche zu zweit, manche auch zu dritt, zu viert, aber sie alle für sich, und er, er, ganz allein. Was machte es, wenn man die Marktfrauen oder auch -männer vom Sehen her kannte und grüßte? Sie waren fremd und blieben es. Und die Kollegen auf der Arbeit? Sie nicht ganz ebenso? Hier hatte er noch einmal gelächelt, wie um etwas zu verabschieden, das schon vor langer Zeit verloren gegangen war, dessen Verlust er aber erst jetzt bemerkte. Oder wie staunend darüber, dass Hülle um Hülle von seinem bisherigen Leben abfiel, während ein neues Leben hervortrat, das aber nichts anderes als das alte war, nur dass er jetzt bemerkte, wie es wirklich aussah.

Müde und doch auch seltsam leicht stand er schließlich wieder auf und dachte: ‚Alle Menschen gehen aneinander vorbei...'. Mit diesem Gedanken ging er zum Markt und tätigte die üblichen Wochenendeinkäufe. Mit diesem Gedanken kam er nach Hause. Mit diesem Gedanken lebte er die nächsten Wochen. Und inmitten dieses Gedankens erwachte leise eine Sehnsucht.

*

‚Wo warst du so lange?', hatte seine Frau gefragt, als er zurückgekommen war. Er hatte genau gewusst, dass sie keine wirkliche Antwort erwartete – dass sie eigentlich nur ärgerlich war oder, vielmehr, eine Möglichkeit sah, wieder ärgerlich zu werden.

Einen Moment lang hatte er überlegt, ob er wahrheitsgemäß sagen sollte, dass er auf einer Parkbank gesessen habe, aber in demselben Moment hatte er gewusst, dass sie nichts begriffen hätte – und auch nichts hätte begreifen wollen. Daher schwieg er einfach nur, wie so oft.

Seine Frau hatte aber auch das nicht durchgehen lassen. Mit irgendeiner kränkenden Bemerkung hatte sie darauf hingewiesen, dass man doch unmöglich so lange zum Einkaufen brauchen könne – und schließlich hatte er doch erwidert, dass er sich auf eine Parkbank gesetzt hatte.

Auch diesen Blick seiner Frau, der daraufhin folgte, würde er nicht mehr vergessen. Ungläubig staunend war ihr die Sprache weggeblieben, und dann hatte sich dieses Schweigen in jenes hässliche Lästern verwandelt, das er so an ihr hasste. Ganz langsam hatte sich das ungläubige Staunen in jenes langgezogene, betonte ‚Du' verwandelt, das dann folgte: ‚Du...? *Du* hast auf einer Parkbank gesessen?' Und in ihrem abschätzigen Lächeln lagen die Worte: ‚Da lachen ja die Hühner!' Dass sie sie nicht aussprach, machte es fast nur schlimmer.

Schweigend hatte er die Einkäufe ausgepackt und in den Kühlschrank geordnet, während er ihre Blicke in seinem Rücken spürte. Dann war er in sein Arbeitszimmer gegangen.

*

Nun saß er wiederum hier auf seinem Stuhl und hatte sich alles noch einmal in Erinnerung gerufen. Er wusste selbst nicht genau, warum er das getan hatte. War es, um sich selbst zu quälen? Aber irgendwie war er für diesen Tag gerade dankbar. Warum eigentlich? Dieses Rätsel begleitete ihn in der nächsten Zeit...

Joachim Bauer führte eine gewöhnliche Ehe. Seine Frau arbeitete als Verkäuferin in einer Konfektionsabteilung. Sie hatten zwei Kinder bekommen, ein Junge und ein Mädchen, die jetzt sechzehn und dreizehn Jahre alt waren. Über den Jungen hatte er längst jede Autorität verloren, auch von seiner Frau ließ dieser sich nicht mehr allzu viel sagen, und auch das Mädchen ging bereits immer mehr seine eigenen Wege. Bis zu jenem Samstagvormittag, bis zu jenem Abschnitt seines Lebens, der mit dem Sich-Setzen auf die Parkbank begonnen hatte, hatte er gedacht, dass das alles so sein müsse – dass es normal sei. Auch jetzt noch glaubte er nicht, daran irgendetwas ändern zu können. Aber ob seine Ehe nun gewöhnlich war oder nicht, sein Leben war es ab diesem Moment nicht mehr.

Für Joachim Bauer hatte jener Prozess begonnen, der noch das scheinbar gewöhnlichste Leben zu etwas Einzigartigem machte. Dieser Prozess bestand in dem, was man Selbsterkenntnis nennen konnte. Joachim Bauer begann, sein eigenes Leben anzuschauen und sich auf eine Suche zu machen: die Suche nach dem, was eigentlich er selbst war – und was er sein wollte.

Diese Suche bestand zunächst aus einem unveränderten Durchlaufen der immer gleichen Stationen: Weg zur Arbeit, Erledigen der täglichen Aufgaben, Rückweg nach Hause, Ertragen der Bemerkungen seiner Frau und Hinnehmen dessen, was die ‚Kinder' taten oder nicht taten, noch etwas Arbeit zuhause, dann einen Roman oder Krimi lesen, vielleicht fernsehen, schließlich schlafengehen.
Die meisten dieser Stationen seines Lebensalltages änderten sich nicht im Geringsten. Das, was sich änderte, war er. Und auch er änderte sich eigentlich zunächst nicht. Was sich änderte, war sein Erleben dieser ewig gleichen Stationen. Was sich änderte, war sein Leiden daran – dies war etwas

wirklich Neues. Vielleicht noch nicht einmal das Leiden selbst, aber das immer mehr wachsende Bewusstsein von einem Leiden. Bewusstes Leiden – dies war das Neue.

*

Er und seine Frau Felicia hatten sich nicht mehr viel zu sagen. Meistens war sie es, die sprach. Sie kommentierte sogar das, was sie im Fernsehen sah. Als wieder einmal eine Talkshow lief und einer der Gäste, ein noch relativ junger Mann, eine bestimmte Position vertrat, sagte sie in ihrer üblichen Weise:

„Können die nicht endlich mal aufhören, Linke einzuladen!?"
Er selbst hatte für linke Positionen auch nicht viel übrig, aber diesmal störte ihn ihre Bemerkung noch mehr als sonst. So erwiderte er:

„Wenn es keine gegensätzlichen Positionen gibt, kann man keine Talkshow machen."

Ohne die Augen vom Apparat zu wenden, sagte Felicia:
„Die können meinetwegen die gegensätzlichsten Positionen nehmen, nur eben keine linken!"

Einmal mehr ergab er sich ihrer ureigenen Logik, die er nicht verstand, und schwieg.

Als die Talkshow vorbei war und die Werbung lief, sagte Felicia, ohne ihn anzusehen:

„Das Rohr unter dem Waschbecken tropft. Rufst du die Verwaltung an?"

Fragen dieser Art waren bei ihr keine Fragen, sondern Aufforderungen.

Auch das Leiden daran war ihm nun bewusst. Er konnte auf einmal keine Antwort über die Lippen bringen.

„Joachim?"

Nun schaute sie ihn an. Sein Name, mit diesem bestimmten Nachdruck gesprochen, nur dieses eine Wort – auch das war etwas, woran er schon so lange gelitten hatte. Nun wurde ihm auch dies voll bewusst. ‚Joachim?' Es war immer wie das Unterstreichen dessen, was sie zuvor jeweils gesagt hatte. Ganz klar wurde ihm dies erst, als er an diesem Abend noch einmal darüber nachdachte. Sein Name wurde tatsächlich einfach als bloße *Unterstreichung* benutzt. Noch einmal verbesserte er sich und fasste den Mut, zu denken: missbraucht.

In dem Moment auf der Wohnzimmer-Couch sagte er jedoch nur:

„Ja."

Er würde die Verwaltung anrufen, wie er es immer tat. Sie sagte, was zu tun war – und er tat es.

*

Er begann, sich auf die Wochenendeinkäufe zu freuen. Er übernahm sie sogar freiwillig jede Woche. Immer bevor er dann auf den Markt ging, setzte er sich auf jene Parkbank. Am frühen Vormittag war sie meist noch ganz unbesetzt, und selbst wenn schon jemand da saß, war sie groß genug für zwei Menschen und genügend Abstand.

Dies wurde für ihn der schönste Moment der ganzen Woche. Und schnell begriff er auch, warum dies so war. Hier auf dieser Parkbank war er eigentlich das einzige Mal wirklich allein, wirklich für sich allein.

Hatte er hier nicht gerade zum ersten Mal erlebt, dass die Menschen *immer* allein waren? Doch es war ein Unterschied, ob man allein war und es doch nicht sein durfte, sondern sich mit einem ganzen Leben herumtrug, das letztlich von Anderen bestimmt wurde – oder ob man für einen Moment wirklich allein sein durfte, einfach nur ganz allein. Selbst zuhause in seinem Arbeitszimmer war er nicht allein – er war umgeben von einer Wohnung, in der er nicht allein war, von einem Leben, in dem er nie allein war. Hier draußen war er umgeben von Menschen – aber von Menschen, die ihn allein ließen, die nichts von ihm wollten, nichts von ihm forderten, nichts von ihm dachten. Diese Menschen, die hier an ihm vorbeigingen, ließen ihn frei und so, wie er war. Dieses Erleben begann er immer mehr zu suchen, Woche für Woche... Eine Suche nach Momenten der Freiheit, der Ruhe. Er war so müde...

*

Es dauerte einen ganzen Monat, bis er sich einen neuen Schritt eroberte: Er ging nach Feierabend noch einmal spazieren.

Als er diesen Schritt geschafft hatte, fragte er sich, warum er dies nicht schon früher gewagt hatte. Aber er konnte sich auch die Antwort geben. Er tat es auf derselben Bank, zu der er auch diesmal seine Schritte gelenkt hatte.

Die Sonne schien noch warm in seine Augenwinkel. Wann hatte er zuletzt bemerkt, wie gut das tat? Mit einem freudigen Erstaunen bemerkte er auch, dass dieselbe Sonne, die ihn am Vormittag von links begrüßte, nun ihren Tagesgang beendete, ihn aber immer noch von der anderen Seite wärmte.

Warum er dies nicht schon früher gewagt hatte, darauf gab es zwei Antworten, die sich zu einer einzigen verbanden. Das eine waren die gehässigen Bemerkungen seiner Frau, die ihn auch dann noch verfolgten, als er die Tür hinter sich zugezogen hatte. Er hörte noch immer jedes Wort.

‚Ich gehe noch einmal spazieren.'

‚*Was* tust du?'

‚Ich gehe noch einmal spazieren.'

‚Was ist *das* jetzt? Du sagst das, als ob du das jeden Abend tust!'

‚Nein, ich tue es jetzt zum ersten Mal.'

‚Was sind *das* für neue Moden? Na ja, du wirst schon einen Grund dafür haben.'

Sie hatte es wieder auf ihre abschätzige Weise gesagt. Unschlüssig war er noch stehengeblieben, als würde er glauben, dass sie noch etwas anderes sagen würde, etwas Netteres. ‚Geh ruhig', hatte sie daraufhin gesagt. ‚Meine Erlaubnis hast du – falls du die brauchen solltest.' Wortlos war er daraufhin gegangen. Er hätte es wissen müssen...

Diese Bemerkungen waren das Eine, was ihn bis dahin gehindert hatte. Als sie dann aber einmal gefallen waren, merkte er, wie sie ihn nicht wirklich trafen. Er hatte gemeint, er würde sich eines solchen albernen Spazierganges daraufhin sehr schämen – in Wirklichkeit war es nun umgekehrt: Im Innersten schämte er sich dafür, so etwas nicht viel eher getan zu haben.

Dafür hatte es jedoch noch ein zweites Hindernis gegeben. Er hatte bisher *nie* etwas getan, was scheinbar sinnlos war. Spaziergänge, einfach auf einer Bank sitzen, am Vormittag oder am Abend, das war für ihn bisher nicht einmal im Bereich des Vorstellbaren gewesen. Er hatte es buchstäblich als sinnlos angesehen, als Zeitverschwendung. Bis vor wenigen Wochen hätte er dabei unabweislich das Gefühl gehabt, irgendeine Pflicht zu versäumen, sich irgendeiner unverzeihlichen Faulenzerei schuldig zu machen.

Die spitzen Bemerkungen seiner Frau schlugen also in die gleiche Kerbe, die ihn selbst bisher daran gehindert hatte. Und doch hatten sie ihm diesmal sogar geholfen, sein Vorhaben wahrzumachen. Er hatte gedacht, dass sie seine Scham über sich selbst verdoppeln würden – und war überrascht, als sich stattdessen seine Gleichgültigkeit gegenüber den immer gleichen Bemerkungen verdoppelte und sein Mut sich so sogar vergrößerte...

Und dann hatte er allein seinen ersten wirklichen Spaziergang seit vielleicht Jahrzehnten gemacht, und dieser hatte ihn wiederum bis zu ‚seiner' Bank geführt.

15

Hier saß er nun also und genoss die Abendstimmung. Er fühlte das Belebende, das von diesem Spaziergang ausging, und wusste nicht, woher dies kam. Konnte es sein, dass ein einfacher Spaziergang nochmals so viel wohler tat als derselbe Gang, wenn er vor dem Markteinkauf lag? Es war, wie wenn für Momente eine unerträgliche Last von einem genommen wurde und man frei atmen konnte – freier, als man es je zuvor gekannt hatte.

Dieses Gefühl verwirrte ihn, zumal jene innere Müdigkeit, die er nun so stark kennenlernte, auch nicht wich, vielleicht sogar ebenfalls noch stärker erlebbar wurde. Woher kam dann dieses belebende, freie Gefühl?

Nur ganz langsam realisierte er, dass es mit der Tatsache zu tun haben musste, dass niemand ihm diesen Spaziergang vorgeschrieben hatte und dass auch niemand ihn daran hatte hindern können; dass es sein ganz eigener Entschluss und seine ganz eigene Durchführung gewesen war. Es musste daran liegen – und doch stand er fast ungläubig vor dieser Tatsache...

Er schloss die Augen und sog die abendliche Frühsommerluft einmal tief durch die Nase ein. Dann öffnete er die Augen wieder und fühlte von neuem ein ungekanntes Glück. Was tat er nun nicht alles zum ersten Mal!

Und tatsächlich, der Sommer hatte gerade begonnen. Wie schön war es, die laue Luft zu genießen – einfach nur hier zu sitzen und die warme Luft auf dem Gesicht zu spüren, zu riechen. Ein wenig die Menschen zu beobachten, wie sie vorübergingen, und einfach nichts weiter zu tun – nur dazusitzen und zu schauen...

Doch wenn er dann wieder an die Rückkehr dachte, stieg unmittelbar wieder die ganze Müdigkeit auf. Es war, wie wenn eine innerliche Dämmerung alle Sonnenwärme verschluckte, obwohl draußen die Sonne noch immer schien.

Gedankenverloren schaute er noch immer auf die vorbeigehenden Menschen, gerade lief ein junges Paar mit einem

Kinderwagen vorbei, neben dem ein etwa fünfjähriger Junge an der Hand der Mama ging... Noch etwa fünf Minuten hielt er so aus. Dann erhob er sich seufzend und machte sich auf den Rückweg. Obwohl zuhause wirklich nichts auf ihn wartete, sorgte eine alte Gewohnheit dafür, dass er das stille Glück der abendlichen Bank nicht mehr weiter ausdehnen konnte. Das Leben der Pflicht rief, gleichsam aus Prinzip.

*

Als er wieder nach Hause kam, hatte er dennoch die winzige Hoffnung, dass sein nicht allzu langes Ausbleiben vielleicht doch noch irgendeine Anerkennung finden würde. Stattdessen wurde er von einer neuen Spitze seiner Frau empfangen. Felicia sagte:
„Na, wie war dein Spaziergang?"
Er versuchte, den herabsetzenden Ton zu überhören, und erwiderte wahrheitsgemäß:
„Schön."
„Und was soll das jetzt werden? Wird das gerade eine neue Gewohnheit, deren Entstehung wir beiwohnen dürfen – oder was ist das?"
Müde gewahrte Joachim Bauer, dass seine Frau auch jetzt keine Gelegenheit ausließ, ihn leise zu demütigen. Er wusste nicht, was er darauf antworten sollte, und so ließ er es einfach. Wortlos ging er in sein Arbeitszimmer.

Es war für ihn ein Glück, dass seine Frau nicht durchgehend so war. Es gab Tage, in denen die Begegnungen und die Mahlzeiten erträglich abliefen.

Dann schöpfte er immer wieder die Hoffnung, dass es doch wieder besser werden würde – und wurde dennoch stets von neuem enttäuscht, wenn die nächste Bemerkung seiner Frau kam, die ihn nicht einmal mehr wirklich verletzte, die aber seiner Müdigkeit ein neues Bleigewicht hinzufügte...

Sehr bald hatte er den täglichen Abendspaziergang wirklich zu einer neuen ‚Gewohnheit' gemacht. Und doch wurde es für ihn niemals wirklich eine Gewohnheit, nach dem Abendessen noch einmal hinauszugehen; immer war es eine Art Geschenk, eine voll bewusst erlebte Befreiung, den Weg Richtung Park einzuschlagen und sich auf die Bank zu setzen, um hier für eine halbe Stunde oder länger zu verweilen. Sehr bald machte es ihm nichts mehr aus, die Zeit weiter auszudehnen. Er sehnte sich so sehr nach Ruhe – und hier, in diesen Momenten auf der Bank, da fand er die Ruhe, die er so sehr suchte.

Und doch machte er sich in diesen Stunden, die er hier zubrachte, immer wieder Gedanken über die Zukunft. Zwar hatte er hier die völlige Ruhe, um nachzudenken, aber seine Gedanken ließen ihm dann doch wiederum keine Ruhe. Er sah keine Möglichkeit, demjenigen zu entrinnen, was ihn so müde machte. Der Gedanke an Scheidung tauchte nur einmal fern am Horizont auf – und wurde sofort wieder beiseite geschoben. Man hatte doch trotz allem Verantwortung...

*

Nach und nach hörten die Bemerkungen seiner Frau über die Abendspaziergänge auf – oder vielmehr, diese wurden so sehr Teil des übrigen Lebens, dass sich ihre Bemerkungen nur noch in demselben Maße gegen sie richteten wie gegen alles Übrige.

Dafür entlud sich eines Abends ein anderes Gewitter. Es begann damit, dass sie sagte:

„In Maikes Zimmer sind an der Decke ein paar Flecken. Wahrscheinlich irgendein Wasserschaden von oben. Klärst du das morgen mal?"

Es war wieder wie immer gesprochen. Ihm kam es sogar so vor, als würde es immer schlimmer. Mit der gleichen Emotionslosigkeit konnte man auch irgendeinen Schalter in einer Fabrik umlegen. Er fragte sich, warum sie dies dann nicht selbst tun konnte. Er stellte die Frage.

Daraufhin schaute sie ihn erst richtig an und sagte wütend: „Wie bitte? Willst du etwa jeden Tag die Wäsche waschen und aufhängen? Oder Staub wischen? Denkst du, du wirst benachteiligt? Oder was ist das Problem!? Was ist das Problem, einen Anruf zu machen, der vielleicht zwei Minuten dauert?"

Er wurde von dieser Reaktion völlig überrascht. Bei ihrer Antwort fühlte er sich wieder im Unrecht. Und doch war es ihm nicht um die zwei Minuten gegangen, sondern um etwas ganz anderes.

Betroffen stand er auf und ging hinaus. Er hatte heute Abend schon seinen Spaziergang gemacht. Nun aber ging er zum zweiten Mal hinaus.

Mitten auf der Bank saß eine junge Frau. Beim Näherkommen sah er, dass sie einen Bürstenhaarschnitt hatte und einen grünen kurzen Rock mit Netzstrumpfhosen und hohen Stiefeln trug. Enttäuscht über die Besetzung seiner Bank wollte er schon weitergehen, doch dann siegte sein Bedürfnis, hier zu sitzen, und er setzte sich an das äußere Ende der Bank. Die Frau sah ihn kurz an und rückte etwas nach rechts. Ihr Gesicht war nicht so wild, wie ihr Äußeres vermuten ließ.

Er dachte an die Konfrontation von eben. Noch immer hörte er die Worte seiner Frau. Was war das Problem, einen zweiminütigen Anruf zu machen? Jetzt erst wurde ihm klar, dass er diese Frage auch ihr selbst hätte stellen können. Für ihn ging es überhaupt nicht um die Zeit, sondern um die Emotionslosigkeit, mit der sie solche Dinge aussprach. Hatte er wirklich die Pflicht, dies zu ertragen, nur weil sie dafür die Wäsche wusch?

Er stellte sich vor, wie er selbst die Wäsche waschen würde. Doch dieser Gedanke hatte etwas Unangenehmes. Er hatte nicht das Bedürfnis, in die Geheimnisse einer Waschmaschine einzudringen. Vielleicht war es letztlich ganz einfach, dennoch hatte er immer eine Art leisen Horror vor Maschinen aller Art, deren Funktionsweise und Bedienung er nicht verstand. Und Felicia brächte es fertig, es ihm nicht einmal zu erklären. Selbst eine demütigende, aber verständliche Erklärung würde er ja noch ertragen...

Er seufzte. Die Frau stand auf und ging. Hatte er sie vertrieben? Das hätte ihm leidgetan. Andererseits freute er sich, nun wieder allein zu sein. Er schaute ihr kurz nach. Seltsam, was die jungen Menschen heute manchmal trugen. Was wollte man damit eigentlich?

Als er wieder nach Hause kam, wurde er von Felicia erneut empfangen:

„Gehst du jetzt allen Auseinandersetzungen so aus dem Weg!?"

Wieder fühlte er eine Art Scham, obwohl er wusste, dass ihr Verhalten nicht richtig war.

„Und?", setzte sie nach, „machst du es nun oder nicht?"

Sie meinte den Wasserschaden.

„Ich mache es", sagte er.

„Na gut!", sagte sie scharf.

Er hatte noch sagen wollen: Das ist nicht das Problem. Sogar die Frage nach der Waschmaschine hatte er noch stellen wollen. Doch ihre scharfe Antwort saugte ihm einmal mehr jeden Impuls dazu aus, und übrig blieb wieder einmal das Bedürfnis, nur so viel zu sagen wie unbedingt nötig. Ein weiteres Bleigewicht kam zu den ungezählten übrigen hinzu...

Am nächsten Abend war seine Bank wieder besetzt. Wieder war es dieselbe junge Frau, sie trug auch fast dieselbe Kleidung.

Wieder setzte er sich an den äußeren Rand, und auch diesmal rückte die Frau ebenfalls etwas zur Seite. In dem kurzen Moment, als sie sich anschauten, sah er jedoch, dass sie enttäuscht war, wiederum nicht allein hier sitzen zu können. Und obwohl es ihm ähnlich ging, fühlte er sich auch jetzt wieder ein wenig schuldig. Mit welchem Recht betrachtete er diese Bank eigentlich als die seine?

Die Sicherheit, dass die junge Frau im nächsten Moment aufstehen und gehen würde, und seine eigene Ratlosigkeit über sein trostloses Leben veranlassten ihn zu einer völlig ungewöhnlichen, fast spontanen Handlung. Müde fragte er: „Was kann man tun, wenn man es einem Menschen in nichts Recht machen kann?"

Er hatte die Frage gestellt, ohne die junge Frau anzusehen, fast wie zu sich selbst. Und doch hatte er dies nicht aus Missachtung getan, wie Felicia, sondern um ihr so wenig wie möglich nahezutreten.

Nun sah die Frau jedoch ihn an, und auch er wendete ihr nun den Blick zu. Die überraschten Augen machten das Gesicht der jungen Frau noch sympathischer, als es trotz des Bürstenhaarschnitts bereits war.

„Was meinen Sie?", fragte sie. „Haben Sie das gerade *mich* gefragt?"

„Ja", gestand er. Und dann sagte er wahrheitsgemäß: „Ich wollte Sie nicht ... vertreiben."

Sie lächelte.

„Nein, keine Sorge."

Es dauerte einen Moment, bis er ihre Gedanken verstand.

„Nein", verbesserte er sich. „Ich meine, ich dachte, Sie würden im nächsten Moment gehen. Das wollte ich nicht. Deswegen habe ich wohl diese Frage gestellt..."

Nun brauchte sie einen Moment, um zu verstehen.

„Ach so!", lachte sie dann. „Wirklich?"

„Ja, wirklich."

Die Frau musterte ihn kurz. Dann fragte sie:

„Aber auf wen bezieht sich Ihre Frage? War sie ... ja, doch, sie war natürlich ernst gemeint, oder?"

„Ja", sagte er und schaute nun wieder in die Ferne. „Sie bezog sich auf meine Frau..."

Dann sah er wieder die junge Frau neben sich an und ergänzte schnell entschuldigend:

„Aber Sie brauchen dazu überhaupt nichts zu sagen. Eigentlich ist es ja ganz verrückt, dass ich Ihnen überhaupt eine solche Frage gestellt habe."

Wiederum fühlte er sich von der Frau kurz gemustert. Dann erwiderte sie:

„Vielleicht muss man manchmal ein wenig verrückt sein..."

,Diese Antwort passt zu ihr', dachte er unmittelbar. Und doch tat ihm diese Antwort irgendwo sehr wohl. Außerdem gab sie ihm den Mut, eine neue Frage anzufügen:

„Wie meinen Sie das?"

Sie lachte.

„So, wie ich es gesagt habe: Vielleicht *muss* man manchmal ein wenig verrückt sein."

„Aber das verstehe ich nicht ganz."

„Vielleicht, weil Sie noch zu selten verrückt waren."

Er schaute sie ratlos an – sie lächelte.

„Nehmen Sie es nicht so ernst", sagte sie dann. „,Verrückt sein' bedeutet einfach: Tun, was man will."

Diese Worte lösten in ihm eine unerwartete Erschütterung aus. Es war, wie wenn sein ganzes Inneres für einen kurzen Moment unter Adrenalin stand; wie wenn ein Alarmruf durch sein Inneres ziehen würde – um sich dann sofort wieder in der Ferne zu verlieren.

„Tun, was man will?", fragte er nun.

„Ja, einfach tun, was man will."

Er wollte ihr deutlich machen, dass das nicht ging. Ermutigt von ihrer offenen Art, empfand er genügend Vertrauen, ihr diese Tatsache an einem drastischen, abwegigen Beispiel zu verdeutlichen. Noch impulsiert von dem Mut der Spontanität sagte er, in völliger Gewissheit ihrer Antwort: „Und angenommen, ich würde Sie nun küssen wollen?"
Einen winzigen Moment schien die Frau über diese Frage erstaunt. Dann sagte sie mit derselben Offenheit wie zuvor: „Nun – warum *nicht*?"
Diese Antwort traf ihn zum zweiten Mal gänzlich unerwartet. In seinem Kopf drehte sich alles. Für ihn war die Frage rein rhetorisch gewesen – und nun entzog sie aller Rhetorik den Boden. Verwirrt überlegte er jetzt erst, ob er diese junge Frau überhaupt gerne küssen würde. Ihr offenes, sympathisches Gesicht, ihr Lächeln, war auf einmal sehr anziehend, sogar trotz ihres Haarschnittes. Doch kurz bevor er seinem Bedürfnis nachgeben wollte, sah er die ganze Szene vor sich, und ihre Unmöglichkeit zerbrach den ganzen Moment und führte ihn in die Normalität zurück.

Noch immer heftig verwirrt, wandte er den Kopf dem vor ihnen liegenden Weg zu und stellte entschieden fest:
„Das geht doch überhaupt nicht!"
Die junge Frau sah ihn einfach nur weiter an und sagte nichts. Ihr Schweigen steigerte seine Verwirrung nur noch. Erneut sah er sie an und sagte, ein wenig zu heftig:
„Das geht doch nicht!"
Sie lächelte noch immer und sagte:
„Das haben Sie gesagt."
Dann lehnte sie sich ihrerseits wieder gemütlich zurück und sah auf den Weg vor ihnen.
Noch immer legte sich seine Verwirrung nicht, und er fragte:
„Aber was hätten Sie denn von mir gedacht? Ich meine, so alt, wie ich bin? Ich kann doch nicht..."
Sie sah ihn wieder an.

„Ich weiß nicht, was ich gedacht hätte. Woher soll ich das wissen? Es ist ja nicht passiert." Sie schwieg einen Moment lang. „Die Chance ist jetzt übrigens vorbei!", sagte sie dann lachend.

Völlig verwirrt und auch sehr beschämt fragte Joachim Bauer sich, welchen Eindruck er soeben gemacht haben musste. Und in der Tat musste er sich gestehen, dass der Wunsch, diese junge Frau zu küssen, in ihm immer stärker geworden war.

„Entschuldigung...", brachte er hervor.

„Sie brauchen sich nicht zu entschuldigen. Ich glaube, es war meine Schuld."

Gerührt begriff er, dass sie nicht wollte, dass er sich schämen musste.

„Was hier geschieht, ist an sich schon verrückt", murmelte er. „Wie ist es eigentlich überhaupt dazu gekommen?"

Wieder lächelte die junge Frau.

„Sie hatten es schon verrückt gefunden, mir eine Frage zu stellen, die Sie offenbar beschäftigte."

„Ja, richtig", sagte er, wie zu sich selbst. „Aber was geht Sie das an? Ich meine, Sie brauchen sich doch nicht um meine persönlichen Probleme zu kümmern..."

„Richtig."

„Sehen Sie?"

„Ich brauche es nicht – aber es hindert mich auch nichts."

„Aber es interessiert Sie doch gar nicht. Was hätten Sie denn davon?"

„Vielleicht studiere ich ja Psychologie..."

Entsetzt und beschämt fragte er:

„Wirklich?"

Die junge Frau lachte.

„Nein. Aber hätte doch sein können!"

Noch immer nicht beruhigt, fragte er:

„Und was studieren Sie nun wirklich?"

„Vielleicht studiere ich ja gar nichts.“

„Bitte sagen Sie mir die Wahrheit – ich bin schon so verwirrt genug.“

„Na gut, ich studiere *noch* nicht. Aber im nächsten Semester fange ich an. Design.“

„Gut. Aber trotzdem. Was haben Sie davon, sich meine persönlichen Probleme anzuhören?“

„Keine Ahnung. Noch haben Sie ja gar nichts davon erzählt.“ Er musste lachen. Eine wunderbare Logik!

„Ja. Aber ich meine, selbst schon meine Frage, die ich vorhin stellte, ist doch für Sie ganz uninteressant. Ich bin für Sie doch völlig fremd.“

„Ja und? Kann man sich für Fremde denn gar nicht interessieren?“

„Nun – das tut man in der Regel doch nicht?“

„Aber Sie haben eine Frage gestellt. Warum soll ich darauf denn nicht antworten?“

„Fühlten Sie sich denn gar nicht belästigt?“

„Das hätte ich schon gesagt.“

Für Joachim Bauer war dieses ganze Gespräch einschließlich des Inhaltes etwas völlig Neues. Es verstieß so sehr gegen seine bisherige Lebenserfahrung, dass er es noch immer nicht glauben konnte.

„Aber wie kann es sein, dass ein wildfremder Mensch mit einer wildfremden Frage Sie interessiert? Das kann doch eigentlich gar nicht sein?“

Die junge Frau lächelte ihn an.

„Man kann sich manche Dinge auch einreden“, sagte sie. „Und wenn Sie sie lange genug wiederholen, glaube *ich* sie vielleicht auch irgendwann. Also passen Sie lieber auf!“

Verwirrt schwieg er.

Nach einer kleinen Weile sagte die junge Frau:

„Wissen Sie, ich denke einfach, Menschen sollten füreinander da sein. Das kann man nicht immer und nicht jedes Mal.

Aber warum sollte man nicht einer Frage zuhören und versuchen, darauf zu antworten? Vielleicht sehen wir uns nie wieder, vielleicht auch doch, aber was spielt das zunächst für eine Rolle? Sie haben mir eine Frage gestellt, und ich habe versucht, darauf zu antworten. Na ja, eigentlich habe ich ja eher auf das geantwortet, was Sie danach gesagt haben..."
Diese Lebenseinstellung war für ihn so neu, dass er noch immer das Gefühl hatte, etwas Unerklärlichem begegnet zu sein. Auch er stand auf dem Standpunkt, dass man nett und freundlich miteinander umgehen könne, ja müsse, und dass die ganze Art seiner Frau ein Extrem war, mit dem er zu leben hatte. Doch was diese junge Frau, die jetzt hier neben ihm saß, sagte, übertraf seinen eigenen Standpunkt bei Weitem. Es war im Grunde wiederum beschämend – und zugleich so wohltuend, dass es fast unwirklich war.
Verwirrt schwieg er. Er merkte, wie seine Phantasie, die er ohnehin nicht hatte, nun zur Neige ging. Er konnte kein Gespräch in Gang halten. Früher oder später kam immer der Punkt, an dem er nicht mehr wusste, was man als Nächstes sagen konnte. Wenig später kam dann, das wusste er, der Punkt, an dem das Gegenüber das Interesse verlor...

Hilflos schaute er die junge Frau an. Er hätte ihr gern gesagt, dass er sie sehr gern wiedersehen würde – und dass dies sogar wahrscheinlich war, wenn sie wie er öfter hierherkäme. Aber noch immer war er überzeugt, dass man eigentlich keinerlei Interesse an ihm haben könnte. In dieser Überzeugung war ihm vollkommen unklar, was er überhaupt noch sagen konnte.
Noch während er die junge Frau ansah, lehnte sie sich wieder zurück. ‚Das war der Moment', dachte er. ‚Nun hat sie das Interesse verloren.'
„Was Ihre eigentliche Frage angeht", sagte sie nun, „würde ich sagen: Ein Mensch, dem man es nicht Recht machen kann, kann einem gestohlen bleiben."

Blitzschnell hatte er den Sinn ihrer Worte in Bezug auf Felicia verstanden. Darüber könnte er dann später nachdenken. Zuerst versuchte er, herauszufinden, ob dieser Satz auch jetzt und hier eine weitere Bedeutung hatte. Voller Dankbarkeit hatte er empfunden, dass ihr Interesse nicht verloren war, sondern dass sie gerade seine eigentliche Frage beantwortet hatte. Doch drohte der Verlust ihres Interesses nun im nächsten Moment? Konnte er es ihr Recht machen? Konnte sie es ihm Recht machen? Konnte er ihr gestohlen bleiben?

Er beschloss, ihr wahrheitsgemäß zu gestehen, was sein Problem war – und war wiederum erstaunt über den neuen Mut, der in dieser Hinsicht in ihm wuchs:

„Wissen Sie, ich weiß manchmal einfach nicht, was ich sagen soll...“

„Zu Ihrer Frau?“

„Nein! Überhaupt... Zu Ihnen... Ich meine, generell. Ich weiß oft nicht, wie ich ein Gespräch in Gang halten kann. Bei Ihnen wäre mir dies jetzt wichtig...“

„Dann machen Sie sich doch nicht so viele Sorgen. Sagen Sie einfach, was Sie denken.“

„Das tue ich ja. Und ich staune selber darüber...“

„Das ist doch gut.“

„Ja, jetzt, wo ich etwas sagen kann, ist es gut. Vorhin habe ich schon für einen Moment gedacht: Jetzt haben Sie das Interesse verloren. Das ist so etwas Trauriges. Wie wenn etwas im Meer versinkt und man kann es nicht mehr erreichen...“

„He!“, sagte die junge Frau lächelnd und schaute ihn an. „Sie sind ja ein richtiger Dichter!“

„Was, ich?“, fragte er bestürzt. „Nein, niemals, was, wieso?“ Die junge Frau lachte.

„Doch, das scheint mir so zu sein. Je mehr Sie Sie selbst werden, desto mehr kommt auch ein Dichter zum Vorschein. Das wette ich!“

„Bin ich denn nicht ich selbst? Sagen Sie mal, studieren Sie nicht vielleicht doch Psychologie?“

„Na ja, meine ältere Schwester hat Psychologie studiert, ist fast fertig."

„Also doch", seufzte er ergeben.

„Aber glauben Sie jetzt nicht, dass man die anderen Menschen dann ganz und gar durchschaut. Was ich sage, hat vielleicht gar nicht so viel mit meiner Schwester zu tun. Ich meine, dieses ‚man selbst sein', das ist doch eigentlich völlig klar. Aber manche ältere Menschen haben damit noch enorme Probleme. Ich will Sie damit wirklich nicht verletzen... Ich will nur sagen, dass ich das sehe. Das meinte ich vorhin auch mit dem ‚verrückt sein'. Das bedeutet: spontan sein. Dem ersten Einfall folgen. Dann ist man schließlich am meisten man selbst – oder nicht?"

Er dachte nach.

„Ja, vielleicht. Aber vielleicht tut man dann auch oft Dinge, die einem hinterher leid tun."

Die junge Frau lachte.

„Kann sein, aber wenigstens *wollte* man sie dann tun. Sonst tut man vielleicht noch viel öfter viele Dinge *nicht*, was einem dann viel später ebenfalls leid tut."

„Aber wenn ich Sie nun hätte küssen wollen – was wäre dann denn passiert?"

„Das weiß ich nicht!", sagte die junge Frau. „Aber wenn Sie dann später noch immer ... die ganze Zeit daran denken, wird es schwierig..."

„Sehen Sie? Aber schwierig wäre es doch auch geworden, wenn ich es spontan getan hätte."

„Das muss nicht sein."

„Warum nicht?"

„Dann hat man es eben getan – und danach ist es vorbei."

„Ja, vorbei. Dann hätte es auch das ganze Gespräch nicht gegeben."

„Nein, ich meine, der Kuss ist vorbei. Das Gespräch hätte es dann doch trotzdem geben können."

„Können Sie das so einfach? Jemanden küssen und dann ganz normal weiterreden?"

„Weiß ich doch nicht. Das habe ich unter solchen Umständen doch auch noch nicht gemacht."

„Ich könnte das jedenfalls nicht."

„Ja, ich verstehe."

„Was verstehen Sie?"

„Dass die Situation nicht dieselbe ist."

„Gut."

Die junge Frau seufzte.

„Dann habe ich Sie in eine schwierige Lage gebracht. Sie wollen mich noch immer küssen, aber selbst wenn Sie es vorhin getan hätten, hätten Sie es nicht gleich wieder vergessen können."

„Ja, so scheint es zu sein."

„Und haben Sie keine Angst, dass ich jetzt das Interesse verliere oder sogar flüchte?"

„Nein, merkwürdigerweise nicht."

„Und haben Sie eine Lösung für das Problem?"

„Nein."

Er dachte nach.

„Außer, dass ich es nicht mehr erwähne."

„Was – das Problem?", fragte sie.

„Ja."

Die junge Frau lachte.

„Also gut, wenn Ihnen das gelingt. Es tut mir wirklich leid..."

„Nein, das muss es nicht. Mir tut es leid."

„Das muss es auch nicht. Die ganze Mühe liegt ja bei Ihnen."

„Aber Sie haben doch gesagt, dann wird es schwierig."

„Ja, aber wenn Sie es unter Kontrolle haben, geht es doch..."

„Ja, nur die Spontanität ist dann weg."

„Ja", lachte sie. „aber die war schon weg, als der erste Moment vorbei war!"

Nun lachte auch er.

„Das ist aber unfair!"

„So ist das Leben", sagte sie.

Diese Worte ließen ihn wieder ernst werden.

„Ja, das Leben...", sagte er. „Das hatte ich fast vergessen."

Ein kleines Schweigen breitete sich aus.

Dann fragte die junge Frau:

„Sie können es Ihrer Frau also in nichts Recht machen?"

„Ja", gestand er. „Das ist mein Eindruck."

„Beschreiben Sie doch mal."

„Was? Ich verstehe nicht recht..."

„Beschreiben Sie einmal, wie sich das zeigt."

Von dieser Frage war er unangenehm berührt. Hatte er doch bisher nie über seine privaten Angelegenheiten und Erlebnisse gesprochen und dies auch nie gelernt.

„Nun ja..."

In diesen Erlebnissen steckte sehr viel Scham. Obwohl sich ihm in der konkreten Situation nicht selten das Gefühl aufdrängte, dass seine Frau vielleicht doch manchmal Recht hatte, wusste er innerlich, wie sehr er unter ihr litt und wie sehr sie ihm damit Unrecht tat. Dass er es aber fortwährend ertrug, erfüllte ihn mit der vielleicht größten Scham.

„Sie müssen nicht, wenn Sie nicht wollen.", sagte die Frau.

„Ja ... es ist vielleicht besser."

„Und es wird ja vielleicht auch wieder besser *werden*."

Dumpf legte sich wieder die Düsternis auf seine Seele.

„Nein, ich glaube, das wird nie besser werden."

„Warum nicht? Was, glauben Sie, ist das eigentliche Problem?"

Er schaute in die Ferne. Man sah unmittelbar mindestens drei Paare durch den Park laufen. Er erschrak vor der Klarheit der Antwort, die auf der Hand lag. Sehr, sehr lange schon hatte er mit der täglichen Erfahrung dieser Antwort gelebt, doch war dies noch etwas anderes, als sie wirklich klar zu fassen und auszusprechen.

„Ich glaube, das eigentliche Problem ist einfach nur, dass wir uns nicht mehr lieben. Dass sie mich nicht mehr liebt – und dass sie so, wie sie ist, auch mich einfach nur noch hoffnungslos macht. Nein, ich kann sie so auch nicht mehr lieben...“

„Dann trennen Sie sich doch.“

„Wir haben aber zwei Kinder.“

„Wie alt sind die?“

„Dreizehn und sechzehn.“

„Das sind doch keine Kinder mehr.“

Das mochte stimmen. Dennoch war es seine feste Überzeugung, dass man Kinder jedweden Alters nicht einer Trennung und einer geschiedenen Familie aussetzen dürfe.

Er schwieg.

„Was ist?“, fragte die junge Frau.

Er sah wieder in die Ferne und überlegte, wie er ihr seine Überzeugung deutlich machen konnte. Er spürte ja deutlich, dass diese in den Augen dieser Frau altmodisch und überkommen war.

„Na ja, es geht mich ja nichts an“, sagte sie nun.

„Aber es tut mir gut, mit Ihnen zu sprechen“, wechselte er das Thema. Er hätte sich sehr gefreut, wenn das Gespräch noch nicht zu Ende wäre – oder wenn es noch viele solcher Gespräche gäbe. „Wie heißen Sie eigentlich? Darf ich das fragen?“

„Toni.“

„Toni?“

„Ja, Toni für Antonia.“

„Soll ich also ... ‚Toni‘ sagen?“

Sie lachte.

„Ja, wenn Sie mich ansprechen wollen, können Sie ‚Toni‘ sagen.“

„Gut, mein Name ist Bauer. Äh, Joachim Bauer...“

Es war ihm sehr unangenehm, seinen Vornamen zu nennen. Dennoch erschien es ihm sehr unpassend, es nicht zu tun.

„Freut mich, Joachim."

Er sah in ihr freundliches Gesicht und hoffte inständig, dass sie nicht bemerkte, wie unangenehm ihm auch diese sehr persönliche Benennung war, – und dass er sich irgendwie daran gewöhnen würde.

„Was ist? Oh ... äh ... soll ich Sie lieber ‚Herr Bauer' nennen?"

„Nein, nein, ich ... nein. Es ist nur so ... ungewohnt."

„Verstehe. Mir ist es egal. Ich kann Sie nennen, wie Sie wollen. Es ist nur etwas komisch, wenn Sie mich mit dem Vornamen ansprechen und ich nicht. Andererseits kann ich mir bei mir nur den Vornamen vorstellen."

„Reden Sie denn alle mit Vornamen an?"

Sie lachte.

„Nein! Aber sobald man sich etwas mehr kennengelernt hat, ist mir das lieber als all dieses förmliche ‚Herr Sowieso, Frau Sowieso'."

Wiederum etwas beschämt, sagte er zögerlich:

„Aha, ich verstehe..."

„Wieso machen Sie das überhaupt so? Ich meine – Sie alle, die so älter sind? Wieso muss es immer ‚Herr, Herr, Frau, Frau' heißen? Was soll diese Förmlichkeit eigentlich?"

Er dachte nach. Er kam jedoch nicht weiter als bis zu der Überlegung, dass man es eben so machte.

„Ich weiß nicht."

„Ich denke, man kommt sich dabei unheimlich wichtig vor und hält den Anderen gleichzeitig sehr auf Abstand."

Er war von dieser klaren Deutung etwas überwältigt und versuchte, darüber nachzudenken.

Nahm er sich wichtig? Er hatte nicht dieses Gefühl. Das mit dem Abstand mochte stimmen. Aber er kannte es nicht anders. Die Welt bestand im Grunde aus Abständen.

Die junge Frau sah ihn an. Als er nichts sagte, schaute sie wieder auf den Park.

„Ist doch so, oder?", fragte sie.

„Vielleicht", sagte er. „Aber ich kenne es nicht anders."

„Dann seien Sie doch auch da mal ein bisschen verrückt."

Da war wieder dieses Wort – dieses Wort, das zugleich ‚spontan' bedeutete und das eine so seltsame Wirkung auf ihn hatte. Er spürte gleichzeitig, dass sie wohl Recht hatte – und doch so sehr auch die innere Angst davor.

„Sie sagen das immer so, als ob es so einfach wäre. Aber ich ... ich brauche den Abstand auch. Ich meine ... der Vorname ist mir irgendwie zu ... nah. Also bei mir sowieso. Aber ich meine, auch bei Ihnen, irgendwie. Es fühlt sich an wie eine ... eine ... Grenzüberschreitung."

„Aber überschreiten wir nicht auch dadurch Grenzen, dass wir über etwas reden, worüber ‚man nicht redet'?"

„Sie scheinen damit kein Problem zu haben."

„Nein, habe ich auch nicht."

„Aber ich schon."

„Warum tun Sie es dann?"

„Nein – ich meine, es tut mir sehr gut, mit Ihnen so sprechen zu können. Aber es fällt mir nicht leicht. Und genauso schwer ist es, mit Vornamen angesprochen zu werden, und fast genauso schwer ist es auch, jemanden mit Vornamen anzusprechen."

„Aber warum?"

Er dachte nach.

„Man fühlt sich irgendwie nackt."

„Wegen dem Vornamen?" Toni war ehrlich erstaunt. „Ich glaube, ich muss mal meine Schwester fragen, wo da das Problem liegt."

„Aber erzählen Sie um Himmels willen nicht von mir!"

„Keine Sorge!"

„Na ja, wahrscheinlich werden Sie es ja doch machen...", sagte er fast für sich selbst.

„Was?"

„Ihrer Schwester erzählen, was für einen komischen Alten Sie neulich getroffen haben und so weiter."

Die junge Frau dachte nach. Dann sah sie ihn offen an und sagte:

„Vielleicht würde ich ihr von Ihnen erzählen. Aber ganz sicher nicht so, wie Sie eben gesagt haben. Ich spreche mit Menschen doch nicht, um hinterher *über* sie zu sprechen!"

„Aber ist das nicht normal? Ich meine, machen das nicht alle Menschen so – vor allem auch junge Menschen? Eigentlich bin ich für Sie doch völlig uninteressant und unwesentlich."

„Wenn es so wäre, würde ich mit Ihnen doch gar nicht sprechen, oder? Wenn ich es aber tue, dann sind Sie für mich nicht mehr *irgendein* Mensch. Und dann bemühe ich mich auch, nicht hinter Ihrem Rücken etwas über Sie zu sagen, was Sie nicht gut finden würden."

Er stand hier vor einem völlig neuen Phänomen. Die Gedanken dieser jungen Frau waren so weit von dem entfernt, was er in seinem Leben bisher kennengelernt hatte, dass er staunend und fast ungläubig davorstand. Aber die Art, wie sie es sagte, ließ keinen Zweifel zu – sie meinte es so.

Während er vollauf damit beschäftigt war, mit seinen Gedanken und Empfindungen ins Reine zu kommen, hing auch die junge Frau einem Gedanken nach. Schließlich sagte sie langsam, gleichsam noch immer nachsinnend und staunend:

„Aber ... wenn es wirklich so ist, dass Sie fortwährend denken, dass die Menschen füreinander uninteressant und unwesentlich seien; dass sie gegenseitig so übereinander denken, alle, ohne Ausnahme – das muss doch *furchtbar* sein!?"

Wieder schämte er sich an irgendeiner Stelle seines Inneren sehr für das, was er offenbar dachte und immer gedacht hatte. Und beschämt schwieg er einmal mehr...

„Wie konnten Sie dann überhaupt so lange mit mir sprechen?", fragte die junge Frau nun.

„Ich...", begann er stotternd, „nun ... bei Ihnen vergisst man das für Momente..."

Sie schwieg und schaute in den Park. So saßen sie eine Weile schweigend beieinander.

Ja, tatsächlich, bei dieser jungen Frau hatte er sich aufgehobener gefühlt als bei seiner eigenen Frau. Er hatte bei ihr mehr Interesse gespürt als bei Felicia. Wie war das nur möglich?

Unvermittelt sagte die junge Frau nun:

„Ich wünsche Ihnen, dass Sie noch vielen Menschen begegnen, die sich nicht gegenseitig als uninteressant und unwesentlich behandeln..."

Was war dies jetzt für ein bedeutsamer Wunsch? Fragend schaute er sie an.

„Für heute muss ich mich verabschieden. Ich will jetzt langsam zurück ins Wohnheim."

Bedauernd realisierte er, dass sich das Gespräch nun abrupt dem Ende zuneigte.

„Was für ein ... Wohnheim?"

„Das Studentenwohnheim. Ehrlich gesagt bin ich vor drei Tagen hier angekommen. Ich wohne dort drüben. Sehen Sie?"

Sie zeigte auf ein ziemlich großes Gebäude, das man durch den Park hindurch ausmachen konnte.

„Fünfter Stock. Mit Blick auf die untergehende Sonne", erklärte sie lächelnd.

Joachim Bauer hoffte, die junge Frau noch öfter wiedersehen zu können.

„Werden Sie ab und zu einmal wieder hierher kommen?"

„Ja, sicher, warum nicht? Wenn ich Zeit habe, gerne."

„Das ist schön. Vielen Dank für das Gespräch, ..."

Er wusste nicht, wie er den Satz beenden sollte. Sie beim Vornamen zu nennen, kam ihm noch immer nicht richtig vor. Es ganz namenlos zu lassen, bedauerte er aber ebenso.

„Gern geschehen", lächelte sie. „Auf Wiedersehen."

„Auf Wiedersehen."

Sie stand auf, lächelte noch einmal und ging, quer über die von Bäumen bestandene Wiese, auf der einzelne Menschen noch die Abendsonne genossen.

Er traf die junge Frau noch mehrmals auf der Bank im Park. Er war sehr dankbar für die kleinen Gespräche, die er mit ihr dann führen durfte. Immer wieder erlebte er dies wie ein Aufatmen inmitten eines Lebens, in dem es dieses freie Atmen sonst nicht zu geben schien.

Als sie im Oktober schließlich mit ihrem Studium begonnen hatte, ließ er sich sogar dazu überreden, einmal mit zu ihrem Yoga-Kurs zu kommen, den sie daneben noch belegt hatte. Er stellte jedoch schnell fest, dass er dafür kein Interesse hatte. Dennoch entstand in dieser Zeit in ihm ein allgemeines Interesse für Spiritualität. Die unbeantworteten Lebensfragen waren in ihm so weit herangereift, dass er nach wirklichen Antworten suchte...

Er fragte Toni, als er sie wieder einmal traf, ob sie ihm eine Buchhandlung empfehlen könne. Das konnte sie nicht, aber sie verwies ihn auf die kleine Universitätsbuchhandlung. Am ehesten sei dort vielleicht auch eine kleine Abteilung in dieser Richtung zu finden.

Die Buchhandlung lag an einer Straßenecke in der schönen Altstadt. Man musste dazu eine recht steile Straße hinaufsteigen, die für den Autoverkehr gesperrt war und noch ein handverlegtes Steinpflaster hatte. Er mochte die Altstadt sehr, obwohl er in den letzten Jahren nicht mehr allzu oft hierher gekommen war. Die Buchhandlung betrat er zum allerersten Mal.

Nach einigem Suchen gab er es auf und fragte die Verkäuferin. Diese verwies ihn in einen sehr entlegenen Winkel, wo er dann tatsächlich vor zwei schmalen Regalen mit spiritueller Literatur stand.

Er ging ein wenig die Titel durch, blätterte hier und da in einem der Bücher und stellte fest, dass das meiste ihn doch nicht wirklich ansprach. Er entschied sich schließlich für drei Bücher über Buddhismus: eines mit den Reden von Buddha selbst, eine Einführung mit einer Übersicht über die verschiedenen buddhistischen Strömungen und ein Buch über den Zen-Buddhismus.

*

Die Literatur war für ihn wie eine Erlösung. Er wusste nicht genau, woran das lag. Er wusste zunächst nicht einmal, ob diese Bücher für ihn irgendeine größere Bedeutung haben würden. Und doch hatte er schon beim ersten Lesen das Gefühl, fast seit Jahrzehnten einmal etwas wirklich Sinnvolles zu tun.

Mehr und mehr übten die Reden des Buddha, die er zuerst las, eine wohltuende, beruhigende Wirkung auf ihn aus. Leicht belustigt fragte er sich bei den vielen Wiederholungen, ob wohl noch irgendjemand anders so etwas heute lesen würde, ohne sofort ungeduldig zu werden. Für ihn hatten diese Wiederholungen mit ihrem eigenartigen Rhythmus eine ganz eigene Faszination.

Auch der Inhalt der Reden, so wenig sie in diese Welt zu passen schienen, berührten ihn eigenartig. Er erinnerte sich, manchmal Menschen begegnet zu sein, die eine Beziehung zum Buddhismus hatten. Er hatte das bis dahin nie verstanden, aber er hatte auch nur allgemeinste Vorstellungen vom Buddhismus gehabt. Nun machte er Bekanntschaft mit dem Begründer des Buddhismus, oder zumindest mit seinen überlieferten Worten.

Die detailreichen Reden gingen über seine allgemeinen, fast nichtssagenden Vorstellungen weit hinaus. Durch die wirklichen Worte des Buddha gewannen die Dinge eine ganz andere Qualität. Nicht, dass er nun auf einmal an Wiedergeburt glaubte – oder sich davon befreien wollte. Aber die Worte Buddhas über das Haften an all dem, was eigentlich vergänglich und im Grunde Illusion war, das waren Gedanken, die bei ihm blieben und ihn im Laufe der nächsten Tage immer weiter verfolgten.

Als er die Reden des Buddha gelesen hatte, ließ er die Einführung in den Buddhismus liegen und nahm sich gleich das Buch über den Zen-Buddhismus vor. Auch dieses enthielt im ersten Teil eine ausführliche Einführung über diese Richtung des Buddhismus, die mit einem geschichtlichen Überblick endete, während im zweiten Teil mehrere Zen-Meister mit ihren überlieferten Worten und Legenden selbst zu Wort kamen.

Auch dieses Buch las er in wenigen Tagen durch. Wiederum war er fasziniert. Der Zen-Buddhismus war eine ganz eigene Strömung, wie sie wahrscheinlich wirklich nur in China und Japan hatte entstehen können. Die strenge Schule des Zen mit ihren paradoxen Koans hatte mit den Reden des Buddha auf den ersten Blick fast keine Ähnlichkeit, und doch war der Kern der gleiche. Es ging um eine Befreiung von den Illusionen, von dem, was man zunächst für Realität hielt.

Er stellte sich vor, einige Tage, Wochen oder Monate in einem Zen-Kloster zu sitzen und zu üben. Probeweise versuchte er es in seinem Arbeitszimmer für zehn Minuten auf dem Boden. Doch dann schmerzten ihm die Knie bereits so sehr, dass er es aufgab. Das war kein Weg für ihn...

Es war bereits Anfang Dezember, als er wieder die Altstadt hinaufging, um sich in der Buchhandlung noch einmal inspirieren zu lassen.

Während in den meisten Geschäften schon irgendeine Adventdekoration prangte, hörte er innerlich fast real den Aufruf: ‚Befreie dich von den Illusionen!'

Als er die Buchhandlung betrat, ging er unmittelbar in den hinteren Winkel, der für ihn allein interessant war. Gab es hier etwas, was dem Ernst des Buddha und der Zen-Meister gleichkäme und seinen Blick noch mehr weiten könnte? Als er seine Augen über die einzelnen Fächer der Regale schweifen ließ, fand er im zweituntersten Regal, nur wenig über dem Fußboden, eine Buchreihe, die seinen Blick festhielt. Er zog von den außerordentlich interessant klingenden Bänden schließlich einen hervor und hielt, als er sich wieder erhob, ein Buch mit dem Titel ‚Theosophie' in der Hand. Er blätterte ein wenig darin, war von den Sätzen der aufgeschlagenen Seiten noch immer sehr angetan und ging entschlossen zur Kasse.

Statt der Verkäuferin vom letzten Mal stand dort ein junges Mädchen, sicher erst neunzehn Jahre alt. Er gab ihr das Buch. Sie sagte den Preis, und er gab ihr das Geld. Sie bedankte sich freundlich und gab ihm das Rückgeld heraus. Als sie fragte, ob er eine kleine Tüte haben wolle, verneinte er. Er verabschiedete sich freundlich, und sie grüßte lächelnd zurück.

Erst draußen vor der Buchhandlung fand er ein Stück seines inneren Gleichgewichtes wieder. Wieso hatte ihn diese Begegnung so berührt, so verwirrt? Er schaute durch das Fenster und konnte von hier noch immer ihr Profil sehen. Sie hatte sich wieder auf ihren Stuhl gesetzt. Als sie schließlich wieder aufstand, um einen neuen Kunden zu bedienen, wandte er seinen Blick ab. Er wollte sie nicht beobachten...

Ratlos ging er langsam wieder den Hügel der Altstadt hinab. Sie hatte kein außergewöhnliches Aussehen, auch kein außergewöhnliches Gesicht, und doch hatte ihr Gesicht ihn unmittelbar berührt. Aber auch ihr ganzes Wesen. Sie war freundlich, aber auch etwas abweisend, und doch schien dies nur eine Art Schüchternheit zu sein. Es war eine warme Kühlheit, die eigentlich gar nicht abweisend sein wollte. Und so unscheinbar ihr Gesicht für die meisten Menschen auch scheinen mochte – er musste sich gestehen, dass er sich in dieses Gesicht und dieses Mädchen verliebt hatte.

Erschüttert blieb er stehen und sah geistesabwesend in ein Schaufenster, in dem Brillen inmitten von Lametta und Nikolausstiefeln lagen und hingen – eine einfaltslose Dekoration eines Optikers. Etwas unsicher blickte er sich einmal um, als ob die vorbeigehenden Passanten sein Innenleben bemerken könnten. Noch immer überwältigt von dem ganz unbekannten Erleben, setzte er schließlich seinen Weg fort und hielt nicht mehr an, bis er zuhause war.

Dort zog er sich sobald wie möglich wieder in sein Zimmer zurück und schlug das Buch auf. Es gelang ihm jedoch nicht, sich zu konzentrieren. Fast ohne Verständnis las er zu Beginn des ersten Kapitels von einem Fichte-Zitat über Blindgeborene und Sehende. Er schlug das Buch wieder zu. War er nun sehend oder blind? Nicht einmal mehr klar denken konnte er. Er schloss die Augen und versuchte, irgendeine Klarheit zu finden, aber seine Gedanken schienen in Watte auf und ab zu tanzen.

Er holte sich die Tageszeitung und zwang sich, einige Meldungen zu lesen, was ihm schließlich auch gelang. Danach las er die halbe Zeitung durch und entschied sich zuletzt, früh ins Bett zu gehen. Er erledigte noch ein paar notwendige Überweisungen und ging schließlich gegen neun Uhr schlafen, zwei Stunden früher als sonst. Unruhig kreisten seine Gedanken noch eine ganze Weile ergebnislos umher, dann schlief er irgendwann ein...

Am nächsten Morgen entschloss er sich, das Mädchen einfach zu vergessen. Er fasste diesen Vorsatz ebenso, wie man beschloss, neue Schuhe zu kaufen oder das Auto in die Werkstatt zu bringen. Mit diesem Vorsatz ging er zur Arbeit, verbrachte er arbeitend den Tag und kehrte er nach Hause zurück. Er aß mit der Familie zu Abend, ging dann wie immer in sein Arbeitszimmer und setzte sich mit dem neuen Buch an den Schreibtisch.

Diesmal gelang ihm das Lesen sogar. Er las die gesamte Einleitung und das erste Kapitel über ‚Das Wesen des Menschen'. Es war dort unter anderem von Äther- und Astralleib des Menschen die Rede. Diese Stellen hatte er in der Buchhandlung nicht gelesen. Sie schienen ihm etwas sehr östlich zu sein und zugleich weniger bedeutsam als die Worte des Buddha. Und doch las er weiter, denn er behielt das Gefühl, dass hier nicht irgendein Scharlatan abwegige Theorien verkündete, sondern dass hier ein Mensch schrieb, der von dem, worüber er schrieb, etwas zu wissen schien.

Dennoch war das, was da beschrieben wurde, so komplex und so neu, dass er mindestens die Hälfte nicht verstand. Sehr wohl jedoch verstand er, dass auch dieser Mensch vom Überwinden der Leidenschaften sprach. Wie er dies tat, unterschied sich von den Reden des Buddha deutlich, aber das Thema schien ähnlich. Der Leib unterlag den Begierden, der Geist konnte sie verwandeln...

Am nächsten Tag lebte er mit dem gleichen Vorsatz und las am Abend das zweite Kapitel, in dem es um Wiederverkörperung und Schicksal ging. Als er zu Ende gelesen hatte, brach sein ganzer Vorsatz zusammen, und er musste sich zum zweiten Mal etwas eingestehen. Er konnte das Mädchen einfach nicht vergessen. Wieder erfüllten sich seine Gedanken mit dem Mädchen – obwohl er ihr Gesicht kaum noch konkret erinnern konnte. Sein Gedächtnis war in diesen Dingen unsäglich mangelhaft. Und doch schienen seine Gefühle gar nicht an die deutliche Erinnerung gebunden zu sein. Sie schienen sogar stärker als vor zwei Tagen, so als wären sie im Verborgenen weiter gewachsen. War es derart vergeblich, einen Entschluss zu fassen? Konnte er von den Gefühlen einfach so umgestoßen werden? Aber was waren dann diese Gefühle, über die man scheinbar gar keine Kontrolle hatte?

Er machte noch einen letzten Versuch, sich über diese Gefühle hinwegzusetzen, und las das kurze Kapitel ein weiteres Mal. Doch nun erschütterte ihn auch der Text an zwei Stellen so sehr, dass er sich wiederum fragte, wie das möglich war – die gleichen Stellen einmal nahezu ohne Gemütsregung lesen zu können und einmal bis ins Innerste getroffen zu werden. Er las:
‚So wie also die physische Menschengestalt immer wieder und wieder eine Wiederholung, eine Wiederverkörperung der menschlichen Gattungswesenheit ist, so muß der geistige Mensch eine Wiederverkörperung desselben geistigen Menschen sein.'
Erst jetzt, beim zweiten Lesen, war dies für ihn mehr als eine Theorie. Und zugleich war dies doch auch etwas völlig Anderes als die Seelenwanderung, die man mit dem Buddhismus in Verbindung brachte. Ein Mensch wäre dann schon oftmals verkörpert gewesen, wirklich derselbe Mensch...
Und dann, kurz vor Ende des ganzen Kapitels, stand da:
‚Menschen, mit welchen die Seele in einem Leben verbunden war, wird sie in einem folgenden wiederfinden müssen, weil die Taten, welche zwischen ihnen gewesen sind, ihre Folgen haben müssen.'
Wiederum lag in diesem Satz auf einmal eine ungeheuer starke Realität, so als hätte nicht nur der Schreiber keine Zweifel daran, sondern als würde der Satz selbst seine Fortsätze in die Realität hineintreiben.

Und plötzlich verband sich das starke Gefühl in seinem Inneren mit dem Inhalt dieses Satzes, und er fragte sich: Was, wenn ich mit diesem Mädchen bereits in einem vorigen Leben verbunden gewesen bin?

Zumindest hatte dieser Gedanke etwas Tröstliches. Er gab dem anderen Gedanken der ‚Begierden' doch eine sehr neue Richtung. Es schien auf einmal nicht mehr nur verwerflich, etwas für einen anderen Menschen zu empfinden. Für ihn war das, was er für das Mädchen empfand, auch nicht ‚Begierde'. Obwohl er sich gestehen musste, dass die Sehnsucht nach diesem Mädchen unaufhörlich zu wachsen schien – und dass der Mensch, der dieses Buch geschrieben hatte, diese Sehnsucht vielleicht doch auch als ‚Begierde' ansehen würde.

Hilflos gefangen in diesen Gedanken, wusste er nur eines: Er konnte diesem Gefühl der Sehnsucht nicht länger entfliehen, er konnte es nicht mehr verleugnen, es war einfach zu stark.

Und so fasste er einen neuen Entschluss: Er musste dieses Mädchen wiedersehen. Es war eigentlich kein Entschluss, es war eine Notwendigkeit, das erlösende Nachgeben gegenüber einer Notwendigkeit. Er musste sie einfach wiedersehen...

Eine Stimme in ihm meldete sich und ergänzte: sonst würde er vor Liebeskummer sterben. Er versuchte diese Stimme zum Schweigen zu bringen. Schon das Wort ‚Liebeskummer' zog alles, was er wirklich empfand, auf ein viel zu niedriges Niveau herab.

Oder war es so? War er einfach nur ein verliebter, viel zu alter Mann, der nun anfing, jungen Mädchen nachzustellen? Was gäbe er jetzt für einen Rat von Toni! Aber vielleicht würde es ihr ja auch zuviel werden? Vielleicht würde sie sagen: ‚Oh, sorry, Joachim, ich glaube, ich habe was falsch gemacht. Durch mich bist du auf einmal auf junge Mädchen aufmerksam geworden. So war das echt nicht gemeint gewesen!'

Und was, wenn das Mädchen selbst jegliche Annäherung abwehren würde? Eine Annäherung, von der er selbst noch nicht einmal wusste, wie sie aussehen könnte?

Was hatte da von ihm Besitz ergriffen? War es richtig, oder war es nicht richtig? Unsäglich litt er an der völligen Unentschiedenheit dieser Frage. Hatte ihn die erste Erschütterung über die Sätze von der Verbundenheit der Seelen für einen Moment eine völlige Sicherheit empfinden lassen, so hatte jene andere hässliche Stimme alles wieder umgeworfen. Hatte er für einen Moment an den Satz ‚Befreie dich von der Illusion' so gedacht, dass es richtig und notwendig war, sich von allen äußeren Konventionen zu lösen, so fragte er sich im nächsten Moment, ob nicht gerade diese Verliebtheit eine neue Illusion war. Aber das Gefühl, die Sehnsucht war so stark...

Und wäre dann das Verhalten des Mädchens das Entscheidende? Würde ihre Ablehnung die Illusion beweisen? Oder würde ihre Erwiderung, welche Form sie auch immer hätte, beweisen, dass er das Richtige tat? Er kam zu keiner Antwort...

Aber er musste etwas tun, und, soviel war klar, er musste sie wiedersehen. Selbst wenn er dadurch das Falsche täte – er konnte nicht mehr gegen sein Gefühl handeln. Er fühlte, dass er sonst krank werden würde, an Leib und Seele...

Er wusste nicht, was er sagen sollte. Er stellte sich die Situation vor. Und wiederum sagte eine hässliche Stimme in ihm, wie lächerlich das alles war. Oder war es die Stimme der Wahrheit? Sein Leiden nahm immer mehr zu – aber es konnte die Sehnsucht doch nicht überwinden, diese blieb immer stärker, wie sehr er auch litt.

Er wusste, dass er nichts Rechtes zustande bringen würde. Er würde kaum irgendwelche Worte finden. Was sollte er auch sagen? Und doch würde er versuchen, etwas zu sagen. Und wenn es dann scheitern würde, oder wenn die Situation an ein

Ende kommen würde – dann würde er ihr einen Brief geben. Er setzte sich an den Schreibtisch und begann, den Brief zu schreiben.

Liebe Buchhändlerin,

Sollte er zu ihr ‚Sie' oder ‚Du' sagen? Wenn er sie ansprach, würde er auf jeden Fall ‚Sie' sagen. Konnte er im Brief dann dennoch ‚Du' schreiben? War es dann die Stimme seines viel höheren Alters, oder war es wirklich das Persönliche der Begegnung zwischen zwei Menschen?

Er kam zu dem Schluss, dass er im Brief definitiv nicht ‚Sie' schreiben konnte. Wenn er sie berühren wollte, musste er ‚Du' schreiben – und er musste es aus dem Innersten seines Herzens meinen, von Gleich zu Gleich.

Er fragte sich, was er nun schreiben sollte. Er dachte an Tonis Worte. Bis jetzt hatte er noch immer nicht gelernt, spontan zu sein. Und doch ging er schon spazieren, besuchte er auf einmal Buchhandlungen – und wollte er nun ein Mädchen ansprechen. Er fühlte, dass das nur ging, wenn er nicht überlegte, was er schreiben solle, sondern wenn er einfach schrieb. Er sagte zu sich selbst innerlich entschlossen: ‚Befreie dich von der Illusion' und meinte damit alle Gedanken, die ihn daran hindern würden, aus reinem Herzen zu schreiben; alle Gedanken, die ihm irgendeine Scham einflößen wollten. Und dann schrieb er.

Liebe Buchhändlerin,
wenn Du diesen Brief bekommen hast, werde ich versucht haben, Dir irgendwie auszudrücken, dass ich Dich gerne kennenlernen würde. Dies wird wahrscheinlich gescheitert sein – und wie sollte es nicht? Wir kennen uns nicht, und Du wirst Dich fragen, was ich eigentlich will, und wirst es sicher nicht verstehen. Aber in diesem Brief kann ich Dir in Ruhe schreiben, und Du wirst ihn in Ruhe lesen können – und dann wirst

Du wissen, ob Du mir irgendwie entgegenkommen kannst oder doch nicht.

Was kann ich sagen? Ich kann sagen, dass mir in meinem Leben vielleicht noch nie ein Mensch begegnet ist, den ich so sehr kennenlernen wollte wie Dich. Wer bist Du? fragt meine Seele. Und dass ich eine Seele habe, weiß ich vielleicht auch erst durch Dich – und durch das Buch, das ich an jenem Tag bei Dir gekauft habe.

Ach, manche Sätze möchte ich gleich wieder durchstreichen, und doch lasse ich alles so stehen, wie es meine Feder verlässt – auf die Gefahr hin, dass Du einfach nur den Kopf schüttelst und mich nie wiedersehen möchtest; ein Gedanke, der mir schon jetzt den tiefsten Schmerz gibt, nachdem ich zwei Tage versucht habe, Dich zu vergessen, und nur erkennen musste, dass dies einfach unmöglich ist.

Wenn ich so weiterschreibe, schreibe ich mich um Kopf und Kragen, denn Du musst sicher denken, dass da ein älterer Mann sich in ein junges Mädchen verliebt hat und wie das dann so ist. Ich weiß selbst nicht, was ich zu meiner Verteidigung sagen kann. Denn es stimmt ja, ich habe mich verliebt. Warum sonst könnte ich Dich kennenlernen wollen? Ein ganz und gar fremdes Mädchen? Aber – wie konnte das geschehen? Vielleicht doch nur, weil wir uns überhaupt nicht fremd sind? Vielleicht kennen wir uns schon lange? Ich weiß es nicht, liebes Mädchen. Ich weiß nur, dass meine Sehnsucht, Dich kennenzulernen, rein ist – dass ich nichts anderes will, als Dich kennenzulernen, und, ja, wenn schon dies schlecht sein sollte, dann magst Du diesen Brief zerreißen und mich einfach vergessen...

Aber wie schade ist es, wenn ein Mensch nach einem anderen Menschen eine solche Sehnsucht hat und sich doch die beiden niemals kennenlernen. Kann das möglich sein in unserer Welt? Oder sollte man nicht einander immer eine Chance geben – und auch den Mut dazu haben? Ich weiß nicht, ob Mut dazu gehört, Dir zu schreiben. Sicherlich auch sehr viel, und doch lässt mein Wunsch, Dich kennenzulernen, der so stark ist, jedes andere Gefühl undeutlich werden, so dass ich es selbst nicht mehr weiß, ob ich mutig bin oder nicht. Ich weiß auch nicht, ob für Dich Mut dazu gehört, mir zu antworten. Ich weiß nur, dass Du nichts befürchten musst. Ich möchte Dich einfach kennenlernen. Wenn Du mir das erlaubst, werde ich glücklich sein. Wenn Du es dann irgendwann nicht mehr willst, sagst Du es einfach, und ich werde Deinen Willen befolgen. Aber solange sich die eine Seele bei der anderen wohl und geborgen fühlt und man das Gefühl hat, gerne mit jemandem zu sprechen und mit einem zu sein, muss es doch möglich sein, dass sich zwei Seelen überhaupt einmal kennenlernen? Ich hoffe es so sehr...

Aber nun muss ich auf Deine Antwort warten. Du kannst sie mir sagen oder auch einen Brief schreiben – und ihn mir geben, wenn ich dann noch einmal komme.

Was auch immer Du antwortest, ich bin froh, Dir begegnet zu sein.

Joachim Bauer.

Als er den Brief in einem Zug geschrieben hatte, las er ihn noch einmal durch und staunte selbst über manche Worte und Gedanken, die nun zu Sätzen auf einem Brief an dieses Mädchen geworden waren. Dann ging er, erfüllt von einer tiefsten Sehnsucht, schlafen. Er wollte diesem Brief nichts anderes, Unwesentlicheres mehr folgen lassen. Mit seinen Gedanken an das Mädchen schlief er ein...

Am nächsten Spätnachmittag stieg er wiederum die Altstadt hinauf und fragte sich, was er eigentlich tat. Vor allem fragte er sich, was er tun sollte, was er sagen sollte. Übermächtig legte sich eine Furcht vor der nächsten Begegnung auf seine Seele, seine Gedanken, seine Gefühle.

Selbst wenn er alles ausschließen könnte, was die übrige Außenwelt betraf, waren da doch noch er selbst und das Mädchen – und dessen Reaktion. Mit ganzem Herzen fürchtete er die Reaktion des Mädchens. Wie sie ihn verständnislos ansehen würde, während er irgendetwas stotterte, wie sie verständnislos das Briefchen entgegennahm oder sogar von vornherein abwies... Seine Schritte waren schwer. Und doch waren dies bis jetzt nur Gedanken; lebte verborgen in seinen Gedanken noch ein anderes Bild, die Vorstellung einer viel wunderbareren Reaktion, in der sie den Brief einfach entgegennehmen würde, ruhig, vielleicht fragend. Aber in sein klares Bewusstsein drängten immer wieder diese anderen Vorstellungen, die durch ihre Ungestümheit viel realistischer schienen und die nach und nach jeden Winkel seiner Seele mit einer bleiernen Angst auskleideten...

Als er schließlich vor der Buchhandlung stand, blickte er mit klopfendem Herzen durch das Schaufenster. Es stand dort wieder die andere Verkäuferin. Traurige Enttäuschung vermischte sich mit einer unsäglichen Erleichterung...

Er betrat die Buchhandlung und ging zunächst in die hintere Ecke. Hier besann er sich in Ruhe und sah sich wiederum die unteren Regalfächer an, obwohl seine Gedanken halb woanders waren. Trotz dieser seltsamen Verfassung zog er schließlich ein weiteres Buch desselben Mannes heraus, las ein wenig darin und entschloss sich, es ebenfalls zu kaufen. ‚Wie erlangt man Erkenntnisse der höheren Welten?' Irgendetwas in ihm war von diesem Buch und seinem Titel angezogen, obwohl er beileibe nicht zu irgendwelchen abgedrehten Esoterikern gehören wollte – und seine eigene Frage eher war, wie man irgendeine kleine Sicherheit in *dieser* Welt erlangen konnte, wenn man einem Mädchen gegenüberstand, das man mit aller Kraft kennenlernen wollte...

Er erhob sich wieder. Zumindest hatte er mit diesem Buch zugleich einen Vorwand, die Verkäuferin nach dem Mädchen zu fragen.

Als die Verkäuferin das Buch entgegennahm und den Preis einlas, fragte er beiläufig:

‚Das Mädchen, das gestern hier arbeitete...'

Die Frau sah auf.

‚Ja?'

Er versuchte, äußerlich so ruhig zu bleiben, wie es ging.

‚Hat sie feste Tage, wo sie ... hier arbeitet?'

Er spürte, wie diese Frage völlig unmöglich war, und hatte das Gefühl, bis unter die Haut durchschaut zu werden...

Die Frau musterte ihn einen Moment. Dann sagte sie kurz:

‚Immer montags und dienstags.'

Sie nannte den Preis des Buches, und er bezahlte es. Dann bedankte er sich. Immer noch mit dem Gefühl, völlig durchschaut dazustehen, verließ er nach einem ‚Auf Wiedersehen' unbeholfen die Buchhandlung.

Auf der Straße atmete er einmal tief durch. Die Scham wich nicht von ihm. Und doch wusste er nun immerhin, wann er dem Mädchen wieder begegnen könnte.

Während er die Fußgängerzone wieder hinunterging, verfolgte ihn diese kurze Begegnung mit der Verkäuferin fortwährend. Vielleicht hatte sie sich auch gar nichts gedacht. Vielleicht war es ihr nur unangenehm gewesen, nicht zu wissen, warum er fragte; vielleicht wusste sie einfach nicht genau, ob sie hier Auskunft geben sollte oder nicht. Lauter ‚Vielleichts'... Aber keines davon konnte seine eigentliche Überzeugung ankratzen, dass sie sehr genau gewusst hatte, was der Hintergrund der Frage gewesen war.

Aber was *war* der Hintergrund dieser Frage? Musste er sich für diese Frage und das, was hinter ihr stand, schämen oder nicht? Wer entschied darüber? Die Verkäuferin? Die übrige Welt? Seine Frau? Wer entschied darüber?

Hilflos spürte er die Scham und merkte, wie sie von dem ausstrahlte, was Andere dachten – oder, man konnte sagen, von dem, was er glaubte, dass Andere es dachten. Aber letztlich war dies ein und dasselbe. Denn die Welt dachte nun einmal so über so etwas... Die Welt konnte nicht anders darüber denken, und sie würde nie akzeptieren, dass 'so etwas' vielleicht ganz anders war, als sie dachte.

Aber was war es dann? Was war dieses 'so etwas' zwischen ihm und dem Mädchen? Es war noch überhaupt nichts, es war nur seine eigene Sehnsucht, dieses Mädchen kennenzulernen. Aber was war das dann? Er hatte sich in dieses Mädchen verliebt. Aber war das dann 'so etwas'? Wusste die Welt überhaupt etwas von Verliebtheit? Oder zerriss man sich nur den Mund, wenn ein älterer Mann sich in ein junges Mädchen verliebte? War das überhaupt immer dasselbe? Oder gab es sowohl 'so etwas' als auch etwas ganz anderes – etwas, was die Welt überhaupt nicht verstand?

Aber was war es dann bei ihm? War es etwa nur 'etwas ganz anderes'? Oder war es zugleich auch 'so etwas'? Diese Fragen quälten ihn unsagbar, und er spürte gleichsam den Blick der ganzen hämischen Welt, wie sie fragte: Na, was ist es nun wirklich...

*

Am Abend versuchte er, ein wenig in dem neuen Buch zu lesen, obwohl er das erste noch gar nicht zu Ende gelesen hatte. Aber auch das neue konnte er nicht von vorne beginnen. Er las ein wenig hier und da und kam schließlich an eine Stelle, in der beschrieben wurde, dass der esoterische Schüler lernen solle, innerlich völlig zu schweigen, während er einem anderen Menschen zuhört. Egal, was jemand sage, man solle innerlich keinerlei Urteil fällen, weder ein solches des Gefallens noch eines des Missfallens. Und dann las er:

Wenn er sich so übt, kritiklos zuzuhören, auch dann, wenn die völlig entgegengesetzte Meinung vorgebracht wird, wenn das ‚Verkehrteste' sich vor ihm abspielt, dann lernt er nach und nach mit dem Wesen eines anderen vollständig zu verschmelzen, ganz in dasselbe aufzugehen. Er hört dann durch die Worte hindurch in des anderen Seele hinein.

Wieder war er von dieser Stelle tief berührt. Und zugleich musste er sie umdrehen. Wenn das möglich wäre – dass nicht die Welt, aber zumindest das Mädchen durch alle Worte hindurch in seine Seele hineinhören könnte... Dann würden alle Missverständnisse, würde alles Komplizierte fortfallen, und es würden sich einfach zwei *Menschen* begegnen; zwei Menschen, die einander auch da verstehen könnten, wo sie verschieden wären...
Dann würde sie auch seine Verliebtheit einfach sehen können, ohne gleich zu denken ‚so etwas', sie würde sie einfach nehmen können, wie sie ist, und würde nicht noch etwas hinzudenken, was sie vielleicht gar nicht ist.
Aber wie wollte man so etwas von einem jungen Mädchen erwarten, wenn es selbst erwachsene Menschen erst üben mussten und doch fast nie übten? Wer las schon diesen Menschen ... Rudolf Steiner? Wenn er in einer großen Buchhandlung mit seinen Büchern auf das zweitunterste Regalfach gesteckt wurde?

*

Erschüttert war er, als er am nächsten Abend dann nur wenige Seiten nach der Stelle vom Tag zuvor die folgenden Worte fand:

Gar viele verlassen den Pfad zur Geheimwissenschaft bald, nachdem sie ihn betreten haben, weil ihnen ihre Fortschritte nicht sogleich bemerklich werden. ... Mut und Selbstvertrauen sind aber zwei Lichter, die auf dem Wege zur Geheimwissenschaft nicht erlöschen dürfen. Wer es nicht über sich bringen kann, eine Übung, die scheinbar unzähligemal mißglückt ist, immer wieder und wieder geduldig fortzusetzen, der kann nicht weit kommen.

Erneut war ihm völlig klar, dass sich dies auf das Ringen des esoterischen Schülers bezog – und doch berührten auch diese Worte ihn eigentümlich und musste er sie wiederum auch auf seine Situation beziehen. Mut und Selbstvertrauen waren zwei Lichter, die auch er brauchte – und von dieser Stelle ging eine seltsame Ermutigung aus.

Es war, wie wenn alle Zeilen, die er las, sich einerseits auf eine spirituelle Entwicklung bezogen, zugleich aber von etwas Allgemein-Menschlichem durchzogen waren; von etwas, was auch allgemein-menschlich Mut machte, eine Art Licht ausstrahlte.

Bevor er zu Bett ging, stieß er beim Blättern in dem Buch noch auf eine dritte Stelle. Dort wurde von vier wesentlichen Eigenschaften gesprochen, die erworben werden mussten, um zu höherer Erkenntnis zu kommen. Die erste war die Fähigkeit, die Wahrheit von der bloßen Meinung zu unterscheiden. In Zusammenhang mit dieser Eigenschaft stand dort:

Zuletzt haftet in natürlicher Weise der Blick ebenso an dem Wahren, wie er vorher an dem Unwesentlichen sich befriedigt hat.

Für einen kurzen Moment hatte er die völlige Sicherheit, dass seine Liebe zu diesem Mädchen das Wahre war und die Meinung der gesamten Welt das Unwesentliche.

Und als vierte Eigenschaft war genannt: die Liebe zur inneren Freiheit... Auch dies erschütterte ihn wieder. Ihm war völlig klar, dass er zunächst überhaupt keinen spirituellen Weg ging, dass er aber doch seiner inneren Stimme folgen musste. Aber dies zu wissen und wirklich die innere Freiheit zu empfinden, war ganz und gar Zweierlei. Nach wie vor fühlte er trotz aller scheinbaren Sicherheit die ganze Last der Urteile und Vorurteile der gesamten übrigen Welt – die in ihm selbst lebte.

Als er am Montag gegen halb sechs erneut die Altstadt hinaufging, hatte er eine etwas andere Sicherheit als noch vor wenigen Tagen. Noch immer zitterte gleichsam sein ganzes Inneres vor der bevorstehenden Begegnung, aber seine Scham und Ohnmächtigkeit gegenüber der übrigen Welt war ein wenig gewichen. Es war, als würde sich die Begegnung immer mehr wirklich auf ihn und das Mädchen konzentrieren, und von dieser Konzentration ging eine Art Mut aus.

Als er vor der Buchhandlung stand und sah, wie sie tatsächlich wieder hinter der Kasse stand, schien ihn erneut aller Mut zu verlassen. Was sollte er jetzt sagen? Er hatte den Brief nicht einmal in einen Briefumschlag gesteckt, nur zweimal gefaltet. Wie würde er dastehen, wenn sie ihn sofort öffnen würde? – Er musste sich zwingen, die Gedanken abzustellen.

Er sah, wie sie gerade einen anderen Kunden bediente, und betrat die Buchhandlung. Einen winzigen Augenblick sah er zu ihr hinüber und ging dann rasch wieder zum anderen Ende hinter die bekannten Regale, wo er sich in Ruhe bemühen konnte, einen klaren Gedanken zu fassen.

Er würde mit ihr nicht wirklich sprechen können. Er könnte nicht mehr tun, als ihr den Brief zu geben, den er geschrieben hatte. Er suchte noch einen Buchtitel heraus, der ihn interessierte, dann holte er einmal tief Luft und ging wieder nach vorne. Das Mädchen stand allein hinter der Kasse...

Er ging zu ihr und grüßte. Sie erwiderte den Gruß freundlich und nahm das Buch. Hatte sie ihn wiedererkannt? Wenn ja, hatte sie es sich nicht anmerken lassen.

Sie sagte ihm den Preis des Buches, und er gab ihr einen Schein. Als sie ihm das Rückgeld gab, sagte er:

„Ich, äh ... ich würde Sie gerne kennenlernen...“

Während er den zusammengefalteten Brief aus seiner Manteltasche nahm, nahm er wie durch einen Nebelschleier wahr, wie sie ein wenig erstarrte.

Schnell sagte er daher:

„Ich habe Ihnen einen kleinen Brief geschrieben."

Er sah das Mädchen an, und sie sah ihn an. Sie machte keine Anstalten, den Brief zu nehmen, den er ihr hinhielt. Wie im Traum nahm er wahr, dass sie selbst nicht wusste, was sie tun wollte.

„Bitte nehmen Sie ihn!", hörte er sich sagen. Die Bitte, die in seinen Augen lag, war ihm in diesem Moment bewusster als seine eigene Stimme.

Zögernd nahm sie den Brief nun und sah ihn wiederum fragend und abwehrend zugleich an. Er spürte, dass er nun nichts anderes tun konnte, als sie unbedingt so schnell wie möglich wieder allein zu lassen.

„Vielen Dank", sagte er leise, sah in ihren Augen noch eine winzige Verwunderung, dann senkte er seinen eigenen Blick und ging schnell nach draußen. Er schaute nicht noch einmal ins Schaufenster, sondern ging langsam hinab. Vielleicht aber war er diesmal für einen kurzen Moment ihrem Blick ausgesetzt gewesen...

*

Während er nach Hause ging, fing es an zu schneien. Seit wie vielen Jahren hatte er den Schnee nicht mehr so bewusst und so beglückt herniederkommen sehen!

Er stellte sich vor, wie das Mädchen ihm antworten würde, wenn er morgen wiederkommen würde – was sie ihm schreiben würde, wenn auch sie ihm einen Brief schriebe... Wie gern würde er einen Brief aus ihrer Hand entgegennehmen...

Es hatte nicht lange geschneit, aber eine fingerdicke Schnee-decke war doch zunächst liegengeblieben. Und auch am nächsten Tag waren die Gehwege zwar wieder geräumt, aber an den Seiten der Straßen waren doch überall noch die Spuren des beginnenden Winters zu sehen.

An diesem Tag hatte er sich zunächst schon während der Arbeit auf den Abend gefreut. Je näher aber der Nachmittag gekommen war, desto stärker waren immer wieder alle ent-gegengesetzten Gedanken auf ihn eingestürmt. Immer weniger hielt er eine positive Antwort des Mädchens für möglich, immer wahrscheinlicher, ja sicherer erschien es ihm, dass sie ihm eine vernichtende Absage erteilen würde, ja müsste. Er stellte sich vor, wie er in der Buchhandlung vor ihr stand und sich entschuldigte, wie er versuchte, dennoch ihr Verständnis zu erreichen, einen Hauch von Verständnis, einen einzigen Augenblick des Verständnisses...

Und als er dann schließlich seine Schritte wieder die Altstadt hinauf lenkte, waren sie einmal mehr wie von Blei beschwert. Noch immer war es die Freude und Sehnsucht, die die Begegnung mit dem Mädchen suchte, aber die Furcht zog diese schwer hinab.

Als er vor dem Schaufenster stand, wartete er verstohlen hin-tereinander drei andere Kunden ab, bis sich eine kleine Lücke ergab, die er nun würde nutzen müssen, um ihr für einen Moment allein gegenüberzustehen. Mit einem Herzklopfen bis zum Halse betrat er die Buchhandlung.

Sie sah ihn sofort, und er sah sofort ihre eigene Aufregung und Abwehr, beides nur in winziger Nuance und doch sehr deutlich. Traurig trat er die wenigen Schritte an die Kasse he-ran, hinter der sie stand, da hatte sie schon hinter sich ein ebenso zusammengefaltetes Papier ergriffen und reichte es ihm. Beide vergaßen sie ganz irgendeinen Gruß.

Er sah sie einen Moment lang fragend, ja fast bittend an – und las in ihrem Blick die Bitte, er möge wieder gehen, oder meinte doch, diese darin zu lesen.

„Danke", murmelte er, überwältigt von den Gefühlen, den diese eine Geste, mit der sie ihm Worte von sich selbst gegeben hatte, in ihm ausgelöst hatte, trotz allem.

Er wagte keinen einzigen Blick länger, um sie nicht zu belasten, und verließ die Buchhandlung wieder. Draußen empfing ihn erneut die Dezemberkälte. Er ging nach rechts, um nicht an dem Schaufenster vorbeizumüssen. Wenige Schritte später blieb er vor der Auslage eines anderen Geschäftes stehen und entfaltete das Papier. Das Licht war ausreichend, um die Worte zu lesen. Es war die schöne Handschrift eines Mädchens – ihre Handschrift.

Sehr geehrter Herr Bauer,
ich weiß nicht, was ich auf Ihren Brief antworten soll. Eigentlich wollte ich unmittelbar ablehnen. Aber das möchte ich dann auch nicht. Wenn Sie mir noch einmal selbst erklären können, warum Sie mich kennenlernen wollen, werde ich Ihnen zuhören. Aber bitte seien Sie nicht böse, wenn ich es dann doch nicht will. Sie können mit mir sprechen, wenn ich nach der Arbeit hier um 18 Uhr Schluss habe. Ich arbeite montags und dienstags hier.
Saskia Reinhardt

Zwei ganz verschiedene, tiefe Empfindungen sammelten sich in seiner Brust. Die eine war eine schmerzliche Traurigkeit angesichts jener Worte, die ihn ahnen und fürchten ließen, dass sie die Begegnung wahrscheinlich sehr bald abbrechen würde. Das andere war ihre Bereitschaft, die sie dennoch hatte und die ihn durch das Andere um so mehr rührte. Er fühlte in ihren wenigen Worten so etwas wie ein weiches Herz. Um so trauriger wurde er bei der Vorstellung, dass auch dies nicht helfen würde, sie kennenzulernen, wenn sie es eigentlich nicht wollte... Und doch war er ihr so dankbar, dass sie ihm einige Augenblicke schenken würde. Was für ein Geschenk! Er sah auf die Uhr. Es war halb sechs. In einer halben Stunde hätte sie also vielleicht Zeit.

Noch immer gerührt betrat er die Buchhandlung noch einmal. Er sah, wie sie zögernd hinter der Kasse stand. Er fühlte unmittelbar ein Mitleid. Er wollte nicht, dass ihr dies so unangenehm war. Fast schämte er sich nun selbst, als er ebenfalls zögernd dennoch fragte:

„Haben Sie also ... gleich, nach sechs Uhr, etwas Zeit...?"

„Ja."

Er wusste nicht, was in ihr vorging. Sie sagte nur dieses eine Wort. Ihr Gesicht verriet ihre weiteren Gedanken nicht. Dann aber blickte sie kurz in der Buchhandlung herum, als sorgte sie sich, dass ihr Gespräch gesehen wurde.

„Dann warte ich draußen auf Sie.", sagte er schnell.

Er sah ihr halbes, angedeutetes Nicken.

Draußen ging er wiederum zu dem Schaufenster von eben, um auf sie zu warten. Die kurze Begegnung ging ihm sehr nach. War seine ganze Frage und Bitte für sie nur eine Last? Gab er diesem Mädchen nur ein schweres Erlebnis – und würde sie froh sein, ihn nach diesem Gespräch hoffentlich nie wiederzusehen? Ihm fiel ein, dass es ja sicher auch Männer gab, die ein Mädchen dann nie mehr losließen, die es verfolgten, bis gegen sie Anzeige erstattet wurde. Bei diesem Gedanken tat sie ihm noch mehr leid. Wie konnte es so etwas nur geben?

Aber was würde er tun, wenn diese eine, gleich sich ereignende Begegnung ihre einzige bleiben würde? Saskia war ihr Name... Er konnte es sich nicht vorstellen, sie nie wiederzusehen. Bei diesem Gedanken fühlte er etwas sehr Wesentliches in seinem Innersten fast ersterben. Und verzweifelt erhob sich in ihm eine Hoffnung auf etwas fast Unmögliches.

Mit bangem Herzen fragte er sich, was er ihr überhaupt sagen könnte. Und vor allem wo? Sollte er mit ihr in der Kälte auf und ab gehen? Wohin?

Plötzlich stieg eine wirkliche Verzweiflung in ihm auf. Hier stand er nun und hatte keinerlei Gedanken in Bezug darauf, wie er gleich mit jenem Mädchen sprechen sollte, dessen Freundschaft oder was auch immer er auf keinen Fall verlieren wollte, ja, die er überhaupt erst einmal erringen müsste, was kaum möglich schien. Verzweifelt sah er in die Auslage des Geschäftes, vor dem er stand. Die Uhren und Armbänder, die dort ausgestellt waren, nahm er kaum wahr, er suchte nur nach einem klaren Gedanken. Ein solcher kam ihm aber nicht.

Da fiel ihm auf einmal die Stelle aus jenem Buch ein, Mut und Selbstvertrauen... Es war, wie wenn diese beiden Kräfte ein wenig in ihn eindrangen. Dann fielen ihm die Begegnungen mit Toni ein, die Frage der Spontanität. Vielleicht war dies ein Weg, vielleicht sogar der einzige. Einfach die unmittelbare Wahrheit sagen – so, wie er den Brief geschrieben hatte. Dieser hatte vielleicht doch wenig Erfolg gehabt – aber er hatte immerhin dazu geführt, dass sie ihm gleich einige Minuten schenken würde. Einige Minuten ihrer Anwesenheit, einige Minuten der Begegnung mit ihr.

Als er sich wieder umdrehte, sah er, dass es von neuem zu schneien angefangen hatte...

Er ging ein wenig die Straße weiter hinauf. Bald hatte man den höchsten Punkt erreicht und kam zum Marktplatz mit dem Rathaus und einigen teuren Hotels. Er bog in eine Seitenstraße ein. Hier gab es einen Italiener. Wäre das ein Ort, um mit ihr zu sprechen? Ihm war es eigentlich etwas unangenehm, wenn gleich am Nebentisch andere Menschen saßen. Er dachte an das Mädchen. Ihr wäre es vermutlich noch viel unangenehmer. Vielleicht ging sie ohnehin sonst überhaupt nicht in Restaurants. Er tat es ja auch nicht.

Wie dumm er doch war! Was könnte er überhaupt tun? Einfach mit ihr in der Fußgängerzone herumlaufen? Wie lange könnten sie dies tun, ohne zu frieren? Und was für eine Hektik gäbe dies! Ein wirkliches Gespräch wäre überhaupt nicht möglich! Seine Verzweiflung steigerte sich wieder. Es blieb ihm nichts anderes übrig, als ihr in dieser Beziehung seine völlige Ratlosigkeit zu gestehen. Vielleicht fände er dann zumindest ihr Mitleid...

Langsam ging er wieder zurück, die Augen offen haltend, aber nichts Geeignetes findend. Schließlich stand er wieder vor dem Uhrengeschäft. Noch fünf Minuten.

Kurz vor sechs Uhr trat er der Buchhandlung ein wenig näher. Als eine Frau die Buchhandlung verließ, sah er das Mädchen abschließen. Auch sie schien ihn zu erblicken. Natürlich, sie musste erst noch die Kasse fertig machen.

Er fing bereits an zu frieren. Seine Verzweiflung wuchs weiter. Was für ein naiver Narr er doch war! Er empfand die Begegnung mit diesem Mädchen als etwas so Kostbares – und er war in keinster Weise darauf vorbereitet, wusste überhaupt nicht, wie er diese gestalten könnte. Unfähig, das war er.

Er legte sich einige Worte zurecht. Mehr konnte er nicht tun... Die Kälte kroch langsam in ihm hoch.

Schließlich kam das Mädchen heraus und schloss die Tür ab. Zögernd trat er auf sie zu und wartete mit zwei Schritten Abstand, bis sie fertig war und sich umdrehte.

Unsicher sah sie ihn an und fragte:

„Und wohin gehen wir nun?"

Alle Worte waren wie weggeblasen oder unpassend geworden. Er konnte nur noch ganz spontan sein...

„Wissen Sie, ich weiß es selbst auch nicht. Ich komme mir so dumm vor. Ich wünschte, ich wäre Ihnen im Sommer das erste Mal begegnet. Dann könnten wir einfach so durch die

Altstadt gehen, oder unten am Fluss entlang... Aber jetzt? Es tut mir so leid, ich bin wirklich verzweifelt..."

Sie sah ihn einen Moment fragend an.

„Frieren Sie?", fragte sie dann.

Die Scham durchschoss seinen ganzen Körper.

„Ja, auch das noch..."

„Das tut mir leid", sagte sie nun. „Ich hätte Sie doch nicht nach draußen gehen lassen dürfen..."

Bestürzt wurde ihm klar, dass er sich gerade nicht völlig blamiert hatte, sondern dass sie Mitleid mit ihm hatte und dass sie eher sich selbst Vorwürfe machte.

„Das ist nicht Ihre Schuld."

„Es gibt weiter unten ein kleines Café – das ‚Maestro'. Ich weiß nur nicht, ob sie abends noch auf haben."

„Gut, gehen wir hin und sehen nach..."

Seine Antwort kam ihm selbst dumm vor, er schämte sich seiner Unfähigkeit zutiefst.

Sie setzten sich unsicher in Bewegung.

Das Mädchen sagte nichts. Er erlebte ihre Schritte, ihre Anwesenheit neben sich und spürte zugleich seine wiederum aufsteigende Verzweiflung. Die Zeit lief ihm doch davon! Wenn er schon jetzt nichts zu sagen wusste, würde sie ihn doch für völlig verrückt halten! Inmitten der unsäglich schnell anschwellenden Verzweiflung schwebte dünn von neuem der Gedanke: Sprich einfach die Wahrheit. Tief dankbar ergriff er diesen engelsfeinen rettenden Faden, und die Worte kamen zu ihm und gingen zu ihr...

„Ich weiß nicht, was Sie von mir denken. Ich komme mir so dumm vor, wirklich. Ich habe so etwas noch nie erlebt und noch nie getan. Ich weiß selbst nicht, was ich gedacht habe. Vielleicht dachte ich, Sie würden einen Ort vorschlagen, und ich wollte mich gerne nach Ihnen richten. Dann wieder fürchtete ich, Sie würden ohnehin ablehnen; und das haben Sie ja auch fast getan... Dann dachte ich vielleicht, man kann ja überall hingehen – aber so einfach ist es doch wiederum nicht. Und nun schäme ich mich eigentlich in Grund und Boden, weil ich vor Ihnen doch dastehe wie ein ... na ja, Sie wissen schon..."

Er sah sie kurz von der Seite an. Sie hörte zu, aber sie sagte nichts. Verzweifelt fügte er hinzu:

„Wahrscheinlich ist es Ihnen jetzt schon zuviel, nicht wahr?"

Da erwiderte das Mädchen:

„Nein ... ich kann nur nicht so schnell etwas sagen. Ich spreche auch sonst nicht so viel..."

„Ich eigentlich auch nicht. Ich habe nur das Gefühl ... wenn ich Ihnen das alles nicht erzähle, dann ... würden Sie wahrscheinlich ohnehin sofort am liebsten nach Hause gehen. Aber das würden Sie wahrscheinlich so oder so am liebsten, nicht wahr? Ich verhalte mich doch so oder so unmöglich. Was nützt die ganze Ehrlichkeit, wenn man nur gestehen kann, was für ein Idiot man eigentlich ist...?"

„Nein, so ist es nicht."

„Nein?"

Er fror inzwischen bis auf die Knochen. Aber ihre wenigen Worte verwandelten dennoch die ganze Situation.

„Wie ist es dann...?"

Sie schaute auf ein großes Fenster auf der linken Seite.

„Oh, schade, sie haben doch schon zu."

Wieder wuchs seine Scham. Er fühlte sich unfähig, irgendeinen Vorschlag zu machen. Da sagte sie:

„Nun können wir nur noch entweder zurückgehen und oben beim Marktplatz irgendetwas suchen, oder wir gehen weiter unten in diese Kneipe, wie heißt sie noch? ‚Robins'. Was wollen Sie?"

„Ich?", fragte er verwirrt. Es kam doch auf sie an. „Was willst *du*?", fragte er. Erschrocken verbesserte er sich: „Oh, Entschuldigung, das tut mir leid. Ich meine: was wollen Sie?"

Wieder sah das Mädchen ihn kurz mit einem fragenden Ausdruck in den Augen an. Dann erwiderte sie:

„Nein, ist schon gut. Das ‚Sie' ist für mich eigentlich eher ungewohnt. Sie können ruhig ‚du' sagen. Was mir lieber ist? Na ja ... oben würde man wahrscheinlich eher etwas Ruhigeres finden. Aber ... das ‚Robins' ist zwar wahrscheinlich etwas lauter, aber dafür hat man mehr seine Ruhe, ich meine...“

„Vor der Umgebung?“, versuchte er, ihr zu helfen.

„Ja, das meinte ich.“

„Gut, dann gehen wir dorthin.“

Das Mädchen fragte:

„Ist das für Sie auch in Ordnung?“

„Ja, natürlich!“, sagte er, betroffen von dieser Nachfrage. Wie war es möglich, dass sie in dieser Lage auch an ihn dachte?

Schweigend hatten sie ihren Weg fortgesetzt.

Zögernd fragte er nach einer Weile:

„Wollen Sie auf meine Frage lieber nicht antworten?“

Er brauchte einen Moment, um, wiederum von Scham geschüttelt, zu erkennen, dass er erneut in das ‚Sie' verfallen war.

„Tut mir leid, ich meine, du...“

„Doch“, erwiderte sie. „Ich kann das nur nicht so einfach. Hier einfach so auf der Straße ist das komisch. Mir fällt das schwer.“

„Tut mir leid. Ich wollte dich nicht drängen...“

Was wollte sie ihm dann sagen? Dass sie ihn vielleicht nicht für einen Idiot hielt, aber dennoch nichts mit ihm zu tun haben wollte? Hatte sie ihm dies nicht eigentlich schon in ihrem kleinen Brief geschrieben? Nun, sie wollte ihm zumindest kurz zuhören – aber eigentlich hatte sie ihre Entscheidung doch schon getroffen...?

Wie schön war dieser kurze Spaziergang mit ihr, auch wenn er so entsetzlich fror – und doch fühlte er wieder, dass er bereits dem Ende einer sehr kurzen Begegnung entgegenging.

Dann waren sie vor dem ‚Robins' angekommen. Der Name der Gaststätte stand in großen geschwungenen Lettern auf dem Fenster zur Straße. Sie gingen hinein – und die laute Geräuschkulisse ausgelassener Gespräche vieler Menschen umfing sie. Das Mädchen deutete auf eine weiter hinten liegende Treppe, und er nickte.

Er war noch nie hier gewesen. Die Treppe führte hinab in einen ausgebauten, noch immer sehr urtümlichen ehemaligen Lagerraum. Hier unten nahm die Lautstärke etwas ab, und es gab einige Zweiertische, die etwas Ruhe versprachen.

Das Mädchen blieb neben einem leeren Tisch stehen und fragte:

„Hier?"

„Ja, sehr gern."

Sie zogen ihre Mäntel aus und hängten sie über die Stühle. Dann setzten sie sich. Er fror noch immer sehr.

Verlegen blickte er das Mädchen an.

Sie erwiderte seinen Blick offen und sagte:

„Es tut mir noch immer leid, dass ich Sie hinausgeschickt habe."

Erschüttert über diese Worte erwiderte er:

„Aber das haben Sie doch gar nicht! – Ich meine: das hast du doch gar nicht."

Bevor sie ihrerseits wiederum etwas sagen konnte, stand schon eine junge Frau vor ihnen und brachte die Karte.

„Guten Abend. Oder wissen Sie schon, was Sie möchten?"

Er sah das Mädchen an.

„Ich hätte gern einen Apfelsaft."

„Für mich bitte eine heiße Zitrone, wenn Sie haben."

„Nein, tut mir leid. Aber wir haben Tees."

„Einen Kräutertee?"

„Ja, sehr gerne. Ich lasse Ihnen die Karten da – falls Sie noch etwas möchten."

„Danke."

Als sie wieder allein waren, wiederholte er:

„Aber das hast du doch gar nicht..."

„Ja, vielleicht nicht. Aber ich habe Ihnen auch nicht gesagt, dass Sie drinnen bleiben könnten."

„Das kann ich schon verstehen."

„Ich habe schon daran gedacht, noch bevor Sie draußen waren, aber ich hatte Angst, dass Sie mich beobachten würden oder so etwas..."

„Ja."

„Hätten Sie das getan?"

„Was?", fragte er verwirrt, „dich beobachtet? Nein..."

Er überlegte einen Moment.

„Ich hätte mich wahrscheinlich wieder zu dem hinteren Regal zurückgezogen, von dem ich die Bücher hatte, die ich gekauft habe. – Und vielleicht wäre ich nach einiger Zeit etwas herumgelaufen und hätte dann doch versucht, einen kurzen Blick auf dich zu werfen, aber nicht, um dich zu beobachten; nicht, um dir ... ich hätte nichts tun wollen, was dir unangenehm gewesen wäre."

„Ja, ich verstehe. Trotzdem wäre mir alles unangenehm gewesen. Denn ich wusste ja nicht, was Sie von mir wollen..."

„Und jetzt weißt du es ja doch immer noch nicht."

Wieder kam die Bedienung im unpassendsten Moment. Sie stellte den Apfelsaft und den Kräutertee vor ihnen hin. Sie bedankten sich.

Das Mädchen wartete einen Moment, dann sagte sie:

„Nein, das weiß ich immer noch nicht. Aber nun habe ich etwas mehr Eindruck von Ihnen bekommen..."

„Und was heißt das?", fragte er unsicher. „Dieser Eindruck kann doch eigentlich nur furchtbar gewesen sein..."

„Warum?", fragte sie.

„Weil ich ... weil du doch denken musst, dass ich – na ja, du weißt schon. Vom Wiederholen wird es auch nicht besser."

Das Mädchen antwortete:

„Ich verstehe Ihre Sorge nicht. Meine Sorge ist eine ganz andere. Das müssen Sie doch auch verstehen?"

Er versuchte, ihre Antwort zu verstehen und umzudenken.

„Ja ... du fragst dich, was ich eigentlich will...?"

„Ja."

Für einen Moment huschte die ganze Aussichtslosigkeit dieses Verhältnisses an seinem inneren Auge vorbei. Was auch immer er hoffte – welche Zukunft hatte dies eigentlich? Er atmete einmal tief durch. Er wollte ja ehrlich sein. Doch welche Worte fand man dafür?

Er sah sie an.

Nun schien für einen Moment die Zeit stehenzubleiben – oder wünschte er sich dies bloß? Immer seltsamer wurde sein Gefühl. Unendlich groß wurde auf einmal alles, viel zu groß für zwei Menschen, und doch war es gerade diese Größe, um die es ging – oder war dies alles nur seine Sehnsucht? Ihre Augen, ihr fragendes Gesicht, ihr ganzes ... wie nannte man so etwas ... Wesen...

Mitten in seinem niemals zuvor erlebten, fremdartigen Zustand, der dem Moment vor einer Ohnmacht ähnelte und doch auch wieder ganz anders war, sagte er, sich fast wie außerhalb seiner selbst fühlend:

„Saskia, für mich ist das alles hier zu groß. Ich meine ... die Worte sind eigentlich zu klein, um es überhaupt auszudrücken, zu benennen, zu beschreiben. Ich habe Gefühle, die ich überhaupt nie gehabt habe. Erlebnisse..."

Er schüttelte den Kopf.

„Nein, das hört sich jetzt alles anders an, als ich es meine. Ich weiß nicht, ob du überhaupt ein einziges Wort so verstehen kannst, wie ich es meine. Im Moment habe ich das Gefühl, ganz weit weg zu sein, von mir selbst, und doch ganz nah. Ich meine, es fühlt sich auf einmal alles viel größer an, viel zu groß. Vielleicht fühlt es sich auch so an, wenn man Drogen genommen hat – oder zu viel Alkohol getrunken. Aber das habe ich nicht – verstehst du? Es fühlt sich *ohne alles* so an.

Nur durch deine Anwesenheit. Ach, das klingt schon wieder so falsch, so missverständlich. Was ich sagen will, ist: Ich bin nicht mehr bei mir selbst. Jetzt, wo ich dir gegenübersitze, muss ich ehrlich sagen: Es fühlt sich an, wie der wichtigste Moment im Leben. Man steht wie auf einer Bergspitze, wie an einem Abgrund. Und man schaut hinunter und fühlt sich irgendwie von allem angezogen, fast wie mit allem vereint. Und es zieht einen... Ich habe das noch nie erlebt, ich weiß nicht, woher mir jetzt dieser Vergleich kommt. Oder gibt es nicht solche Erlebnisse, wenn man fast gestorben wäre? Dass man dann auch über allem schwebt? Ich habe das mal irgendwo gelesen...

Oder ist es vielleicht auch so, wenn man zum Henker geht? Die letzten Schritte vor dem entscheidenden Moment? Bleibt da vielleicht auch fast die Zeit stehen? Oder jeder Schritt wird unendlich groß? Alles wird erlebt wie ganz und gar unwirklich? – Ich weiß nicht, was ich rede. Ich suche Vergleiche für das, was ich gerade fühle; für das, wie es sich gerade anfühlt.

Ich sehe dich jetzt hier – und meine Sehnsucht ist unendlich groß. Ich stehe da vor dem Abgrund, und weiß nicht, was passiert, wenn du das nächste Wort sprichst. Denn die Lücke zwischen meinem Nicht-mehr-Sprechen und deinem Sprechen ist der Abgrund. Und je nachdem, was du sagst, werde ich vielleicht hinabstürzen und dann tot sein..."

Sie sah ihn mit großen Augen an. Dann fragte sie betroffen und zögernd, ja furchtsam:
„Aber ... nach was sehnen Sie sich?"
Er verstand ihre ganze Frage.
„Nach deiner Bekanntschaft. Nach deiner Freundschaft. Nach einer Begegnung mit dir. Ich bin dir begegnet, und ich möchte dich nicht mehr verlieren. Egal, wie du mir begegnen wirst, ich möchte etwas für dich bedeuten. Ich möchte mit dir sprechen, ich möchte dich kennenlernen, dein Leben. Deine

Fragen. Deine Sorgen. Deine Gedanken. Nicht alles – nur alles, was du vielleicht nach und nach teilen möchtest. Teilen möchte ich mit dir...

Ich würde so gern etwas tun, etwas sagen, etwas sein, wodurch auch du so etwas empfinden können würdest – wodurch auch ich für dich etwas sein könnte und du mit mir etwas teilen wollen würdest. Du bedeutest mir unendlich viel, und ich weiß nicht, was ich tun kann, damit ich ... dir auch irgendetwas bedeute..."

Sie fragte:

„Aber warum bedeute ich Ihnen so viel?"

„Das weiß ich nicht", erwiderte er hilflos.

„Bin ich ... Ihr ‚Typ'?", fragte sie zögernd.

„Saskia, ich weiß es wirklich nicht", gestand er in voller Ohnmacht. „ich habe zweiundzwanzig Jahre mit meiner Frau gelebt, und ich habe mich in all den Jahren nicht mehr gefragt, was mein Typ ist oder ob ich einen Typ habe. Vielleicht kann es sein, dass mich manche Frauen anziehen. Ich weiß es nicht. Aber das, was ich dir gegenüber empfinde, habe ich noch nie gehabt. Und, nein, du bist eigentlich nicht mein Typ. Und doch fühle ich mich von dir mehr angezogen als von jedem anderen Menschen, dem ich bisher begegnet bin."

„Aber warum? Und was heißt ‚angezogen'?"

„Ich weiß es nicht, warum. Es ist die Art, wie du bist. Die Art, wer du bist. Die Art, wie du die Menschen anschaust. Wie du für dich bist, wie du ein Stück auf die Menschen zugehst, aber zugleich doch auch nicht. Und das ist nicht nur eine Eigenschaft, verstehst du, das *bist* du ja selbst. Und das hat mich glaube ich so unendlich berührt – wie du bist ... wer du bist. Und dein Gesicht, deine Gestalt... Ich weiß es nicht, ob es Eigenschaften sind, die einen anziehen. Vielleicht sind es Eigenschaften. Aber warum hat dann *ein* Mensch all diese Eigenschaften, die einen dann so anziehen?

Und was heißt dann ,anziehen'? Es heißt, was es heißt. Ich habe es eben versucht zu sagen. Es ist das große Glück, mit dem anderen Menschen zusammenzusein, und das unendliche Leid, wenn man sich vorstellen müsste, ihm vielleicht nie wieder zu begegnen..."

„Und ... ich ziehe Sie wirklich nicht auf eine ... andere Art an?"
„Du meinst...?"
Sie erwiderte seinen Blick fragend. Sie nickte nicht, und es blieb unausgesprochen, aber es war klar.
Er seufzte.
„Darum geht es nicht, Saskia. Aber ich will zu dir vollkommen ehrlich sein, selbst wenn ich dich dadurch verlieren sollte. Ich habe gerade versucht, zu beschreiben, was ich empfinde. Es ist alles ungetrennt. Alles an dir zieht mich an – es gibt nichts, was mich nicht anzieht. Aber um diese ,andere Art' geht es ja gar nicht. Sie mag auch da sein, wie könnte es nicht, wenn das Erleben dir gegenüber so tief und umfassend ist. Aber was ich hoffe, ist nur, dass ich dir überhaupt etwas bedeute, damit ich dir begegnen kann; damit wir ... ich weiß nicht, wie ich es noch sagen soll. – Damit wir ... damit wir uns nicht egal sind. Weißt du, es sind sich so viele Menschen egal. Überall laufen doch Menschen aneinander vorbei. Und sogar die Menschen, die sich kennen, bedeuten einander oft nicht mehr viel. Sogar Freundschaften können sehr oberflächlich sein, denke ich. Jedenfalls – du bedeutest mir unendlich viel. Und meine einzige Sehnsucht ist, dass wir nicht ... aneinander vorbeilaufen, sondern dass ... ach, Saskia, ich weiß es nicht einmal, was ich dir wirklich geben kann. Aber ich wünschte so sehr, es *könnte* etwas geben, damit sich unsere Wege nicht wieder trennen. Damit du nicht das wahrmachen musst, was du in deinem Brief geschrieben hast: dass du die Begegnung eigentlich ablehnen willst.

Ich habe solche Angst davor, dass diese Begegnung vielleicht schon die letzte sein wird. Und wie kann ich dir auch überhaupt irgendetwas sein? Aber ich könnte dir noch so viel von dem beschreiben, was du *mir* bedeutest, und würde es mir sicher auch vorwerfen, wenn ich es nicht gesagt hätte, bevor ich dann vielleicht doch in den Abgrund stürzen muss, durch dein Wort... Deswegen spreche ich jetzt einfach weiter. – Es war zum Beispiel dein kleiner Brief. Trotz aller Abwehr, verständlicher Abwehr, wolltest du mich anhören. Und was mich zutiefst berührt hat, war, dass du auch deinen Namen unter den Brief geschrieben hattest. Du hättest das nicht tun müssen. Vielleicht war das für dich gar keine Frage. Aber für mich war es ein unendliches Geschenk. Einfach deinen Namen am Ende zu lesen. ‚Sie heißt Saskia... Sie hat mir ihren Namen geschenkt. Welches Vertrauen...‘ Ich kann das nicht beschreiben, Saskia. Wahrscheinlich verstehst du das alles gar nicht – nicht so tief, wie ich es erlebe. Jede einzelne Geste von dir ist für mich eigentlich ein Geschenk. Weil es ja schon deine reine Anwesenheit an sich ist... Und wenn es darüber sogar noch hinausgeht; wenn du sogar noch deinen Namen auf einen Brief schreibst, mit eigener Hand. Und so weiter. Du kannst dir das alles nicht vorstellen – und es tut so weh, das zu beschreiben, ohne dass du es wirklich verstehen kannst. Denn da fängt es schon an, dass du mir so unendlich nahe bist und ich dir vielleicht niemals auch nur annähernd so nah, so vertraut, so ... bedeutungsvoll sein kann...“

Sie sah ihn mit großen Augen an. Und diese Augen waren vielleicht das allergrößte Geschenk, so sehr, dass es jedes Mal schmerzte.

„Ich verstehe das wirklich nicht“, sagte sie leise. „Und das tut mir wirklich leid. Ich möchte nicht, dass Sie leiden müssen. Was Sie beschreiben, dachte ich, gibt es nur unter Menschen gleichen Alters...“

„Ja... Aber manchmal gehen die Jahrzehnte an einem vorbei, ohne dass man es bemerkt. Und auf einmal ist man äußerlich alt...“

Er spürte sofort ihre Distanz.

„Heißt das, dass Sie doch ,das andere' empfinden?“

Verzweifelt sagte er:

„Ich kann es nicht mehr wiederholen, Saskia. Ich empfinde *alles*. Ja, ehrlich gesagt wünschte ich mir, ich wäre so jung wie du. Dann wäre es alles kein Problem – für dich nicht und für mich nicht. Nun bin ich aber so alt, wie ich bin – und empfinde trotzdem das Gleiche. Denkst du, ein Junge in deinem Alter, wie du ihn vielleicht schon als Freund hast oder noch finden wirst, würde auch nur ,das andere', also ,das Eine' empfinden? Nein, er würde, wenn er ein wahrer Freund ist, auch *alles* empfinden – dein ganzes Wesen, eine tiefe Anziehung, den Wunsch, dir so Vieles zu sein, so viel mit dir teilen zu können, dir wirklich begegnen zu können und all dies. Darum geht es.

Ja, ich möchte dir so innig begegnen wie nur möglich. Aber wir werden uns nur in dem Maße begegnen, wie auch ich dir irgendetwas bedeute. Und was ich dir bedeute, das liegt ganz bei dir, nur bei dir. Ich kann mich bemühen, dir etwas zu bedeuten. Und ich würde dir so gerne ein Mensch sein, dem du dein Vertrauen schenken könntest; der dein Vertrauen verdienen würde, ein wahrer Freund, in der Bedeutung, die *du* dem Ganzen geben würdest, und nur in dieser. Und wenn das irgendwie geschehen könnte, würde ich mich unendlich beschenkt fühlen.

Um es also noch einmal vollkommen aufrichtig zu sagen: Ja, ich würde mir wünschen, so jung zu sein wie du. Aber ich bin es nicht, und darum ist die Sache so, wie sie ist, nämlich vollkommen anders. Trotzdem bedeutest du mir unendlich viel, und nun stehe ich vor der Frage: Was kann ich *dir* bedeuten, jetzt, da uns einfach auch im Alter ein Abgrund trennt? Aber das kann doch vielleicht auch ganz neue Möglichkeiten schenken... Das ist zumindest meine Hoffnung..."

Sie hatte ihm die ganze Zeit mit diesen Augen zugehört. Nun sagte sie:
„Sie sind wirklich sehr ehrlich..."
Er lächelte, erwärmt von ihrem Blick und ihren Worten.
„Mir bleibt nichts anderes übrig. Ich möchte dir gegenüber nichts anderes sein. Das ist zunächst vielleicht das Allereinzigste, was ich dir schenken kann. Ich bin auch erstaunt darüber, wieviel ich überhaupt aussprechen kann. In Wirklichkeit bin ich genauso schweigsam, wie du es vorhin von dir gesagt hast. So viele Jahre war ich eigentlich schweigsam. Aber jetzt, wo ich dir begegnet bin, muss ich doch sprechen, denn wie solltest du mich sonst kennenlernen? Und noch immer habe ich das Gefühl, dass ich eigentlich viel zu wenig zu sagen weiß und zu sagen habe..."
Sie erwiderte seinen Blick, dann fragte sie:
„Ist Ihnen noch kalt?"
Eine unerwartete Woge unsäglicher Wärme überflutete ihn bei dieser Frage.
„Nein, schon seit einiger Zeit nicht mehr", sagte er mit belegter Stimme und wischte sich verstohlen die Augen.
Fast ein wenig erschrocken sah sie ihn an.
„Tut mir leid", sagte er verlegen. „Diese Frage von dir... Das gehört auch zu den Dingen, die mich so unendlich berühren, ja erschüttern... Ich habe das alles noch nie zuvor erlebt..."

„Sie sind wirklich ein besonderer Mensch.", sagte das Mädchen.
„Warum?", brachte er hervor.
„Ich habe zumindest noch nie einen so ehrlichen Menschen erlebt. Ich meine, es gibt schon Menschen, die offen sind. Aber meistens kostet es nicht viel – oder man ist es dank seines großen Selbstbewusstseins. Verstehen Sie, was ich

meine? Aber Sie sind absolut ehrlich, obwohl es für Sie so unendlich viel bedeutet und obwohl Sie selbst doch auch ... unsicher sind. Das habe ich noch nie erlebt..."

Wieder standen ihm Tränen in den Augen.

„Mich hat es auch", fuhr sie fort, „eigentlich sehr berührt, als Sie vorhin so verzweifelt waren. Ich wollte eigentlich nicht, dass Sie sich so fühlen. Aber ich wusste auch nicht, was ich sagen sollte. Ich wusste ja noch überhaupt nichts. Ich spürte nur immer mehr, dass ich Ihnen vertrauen konnte, dass ich ... keine Angst zu haben brauchte. Es war eine sehr seltsame Situation für mich, das können Sie sich ja sicher vorstellen. Ich hatte erst große Angst – Angst ist vielleicht nicht das richtige Wort, aber doch Furcht, Angst vor dem, was daraus werden würde; Angst vor dem, was ich vielleicht nicht wollen würde; Angst vor dem Unbekannten. Aber dann waren Sie genauso unsicher wie ich, und ich bekam Mitleid mit Ihrer Unsicherheit. Und ich hatte Angst und zugleich Mitleid, und da gingen Sie neben mir, und ich wusste nicht, was Sie genau wollten, und es schneite die ganze Zeit... Es war eigentlich auch etwas sehr Schönes. Verstehen Sie? Und jetzt sind Sie so ehrlich, und das habe *ich* noch nie erlebt. Ich fühle, dass ich vor Ihnen wirklich keine Angst haben muss. Und ich fühle, jetzt, wo ich dies alles erzähle, dass Sie mir auch irgendetwas bedeuten. Dass Sie anfangen, mir etwas zu bedeuten..."

Er sah das Mädchen an, das ihm da gegenübersaß, und die Wendung, die ihre Begegnung nun zu nehmen schien, kam für ihn so überraschend, dass er sich wieder in einem völlig anderen Zustand der Unwirklichkeit zu empfinden glaubte. Es war, wie wenn die Gefühle gar nicht mehr steigerbar gewesen wären. Stattdessen wich nun alle Furcht und Sorge von ihm, und eine unbeschreibliche Ruhe fing an, sich in ihm auszubreiten. Eine stille, tiefe Dankbarkeit...

Fast konnte er es noch nicht begreifen. Schließlich wurde ihm bewusst, dass er sie schon einige Momente angestarrt haben musste.

„Danke, Saskia... Ich weiß, dass ich mich nicht bedanken muss. Und doch muss ich es..."
Sie erwiderte seinen Blick mit offenen Augen, bis sie die ihren schließlich niederschlug...

*

„Darf ich ... nun fragen, was du machst, Saskia?", begann er schließlich zögernd. „Du arbeitest also zwei Tage in der Woche in der Buchhandlung – und die anderen Tage? Studierst du...?"
„Ja, ich habe in diesem Semester angefangen, Tiermedizin zu studieren."
„Tiermedizin? Das klingt sehr interessant."
„Ja. Aber ich weiß noch nicht, ob es das Richtige für mich ist. Am Anfang ist es ja sowieso sehr viel Chemie und Biologie. Aber ob ich wirklich auch Tiere operieren kann und so weiter, das weiß ich noch gar nicht."
„Warum nicht?"
„Na ja – davor habe ich auch irgendwie Angst."
„Wovor genau?"
„Ob ich es kann. Ob ich das will... Ob ich etwas falsch mache..."
Er wollte ihr Mut machen. Zugleich verstand er sie sehr gut, weil es ihm sicher genauso gehen würde und sie noch dazu so jung war. Aber inzwischen wusste er auch ein wenig, wie viel etwas Mut verändern konnte.
„Vieles traut man sich nicht sofort – und traut es sich auch nicht sofort zu. Aber wenn man es wirklich will, wird man es nach und nach auch können."
Sie sah ihn an.

„Vielleicht ist das genau mein Problem ... dass ich nicht genau weiß, *ob* ich es will."

Lächelnd erwiderte er ihren Blick. Jeden einzelnen Blick empfand er als Geschenk.

„Warum hast du mit diesem Studium angefangen?"

„Weil ich Tiere liebe. Und etwas anderes habe ich nicht gefunden."

„Nicht gefunden?"

„Als Alternative, bei der ich mir sicherer gewesen wäre."

„Aber du liebst Tiere?"

„Ja."

„Dann ist es doch gewiss das Richtige!"

„Ich weiß nicht... Man muss so viel lernen – und hat vor allem so viel Verantwortung!"

Er dachte nach.

„Ja, aber einer muss sie doch tragen."

Wiederum sah sie ihn an, fast ratsuchend.

„Das ist mir schon klar. Aber ob gerade ich die Richtige dafür bin, das glaube ich eigentlich gar nicht."

„Glaubst du, die, die Tiere nicht so sehr lieben wie du, wären die Richtigeren?"

„Ich glaube, die, die letztlich Tierärzte werden, lieben die Tiere genug, um die Richtigen zu sein."

Wieder dachte er nach.

„Kann sein, vielleicht aber auch nicht. Ich denke gerade an Ärzte für Menschen. Ich habe zum Glück noch nicht viel Erfahrung mit ihnen. Aber ich habe nicht das Gefühl, dass mancher Arzt sich sehr für den Menschen interessiert, den er behandeln soll."

„Ja, vielleicht. Aber vielleicht ist es bei Tieren trotzdem anders."

„Wie meinst du das?"

„Dass man Medizin aus verschiedenen Gründen studieren kann, Tiermedizin aber vor allem aus Liebe zu den Tieren."

„Ah, ich verstehe", erwiderte er.

Was war das für ein Geschenk, ihr hier gegenübersitzen zu können. Sie einfach nur ansehen zu dürfen...

„Trotzdem muss es nicht so sein", fügte er hinzu. „Ich kann mir vorstellen, dass viele junge Menschen sich da weniger Gedanken machen als du. Sie lieben Tiere irgendwo und werden dann eben Tierärzte. Aber wie sehr sie dann später noch ... das einzelne Tier lieben, das sie dann behandeln, das ist die Frage. Verstehst du? Es ist *immer* die Frage, ob irgendetwas letztlich nur ein Beruf wird, oder ob man die wirkliche Liebe dazu behält. – Aber eigentlich will ich ja vor allem dir Mut machen. Eigentlich will ich sagen: Wenn du Tiere liebst und ein Studium gewählt hast, mit dem du später Tieren helfen können wirst, dann hab doch Zutrauen zu dir selbst – und zu dem, was du in diesen Jahren jetzt lernen wirst. Du wirst es ganz sicher gut machen, später!"

Dankbar sah sie ihn an.

„Es ist schön, wie Sie das sagen. Da beginnt man fast, es zu glauben – dass es so sein könnte..."

„Ja", bekräftigte er nochmals. „Das kann es."

„Und was machen Sie?"

Unerwartet wurde er von ihrer Frage getroffen, und das in dieser Frage lebende Interesse, verbunden mit dem offenen Blick ihrer Augen nahm ihm fast den Atem.

„Ich? Oh, ich bin nur Buchhalter in einer kleineren Firma."

Er schämte sich nun regelrecht für diese Tatsache.

„Haben Sie das denn auch einmal lernen wollen?"

Er sah sie an. Womit hatte er diese Zuwendung verdient? Wie schmerzlich schön diese war – und wie schmerzlich das Gefühl, sie in jedem Moment wieder verlieren zu können.

„Ich habe es einfach gelernt. Ich glaube, ich hatte noch weniger Alternativen gesehen als du. Dieser Beruf hat sich einfach irgendwann ergeben, und, ja, dann bin ich eben Buchhalter geworden."

„Aber das ist doch sicher auch wichtig?"

„Ja, nur ist es für einen jungen Menschen ganz gewiss so ziemlich das Uninteressanteste, was es gibt."

„Hauptsache ist doch, dass es für *Sie* interessant genug ist."

Er seufzte.

„Na ja – ich habe damit kein Problem. Ob es interessant ist... Ich wüsste nicht, was ich sonst machen sollte."

„Aber Sie müssen doch etwas haben, was Sie gern machen!"

Er sah sein leeres Glas Tee an.

Für einen Moment wurde ihm etwas schwindlig.

„Das ist etwas, wofür ich mich wahrscheinlich immer mehr schämen werde, je länger ich davor stehe", sagte er. „Ich habe dir vorhin schon angedeutet, dass auf einmal die Jahrzehnte vorbeigegangen sein können, ohne dass man weiß, wohin sie gegangen sind. Und ohne dass man weiß, ob man eigentlich etwas gern gemacht hat – oder hätte... Ich habe das traurige Gefühl, dass ich deine Frage fast verneinen muss. Es gibt *eine* Sache, die ich gerne mache – und die gibt es erst seit sehr, sehr kurzer Zeit..."

„Und was ist das?", fragte sie erleichtert.

„Mit dir hier zu sitzen und dir zuzuhören und mit dir zu sprechen..."

Betroffen sagte das Mädchen:

„Aber das kann doch nicht das Einzige sein!"

„Es soll dir nicht zur Last fallen..."

„Nein, so meine ich es nicht. Aber es wäre doch unendlich traurig, wenn Sie nichts anderes haben, das..."

„So erlebe ich es eigentlich nicht. Nicht mehr, seit ich dir begegnet bin. Jetzt ist es mir eigentlich egal, wie mein übriges Leben aussieht, weil die Momente, in denen ich mit dir zusammen bin, und seien sie noch so kurz ... es ist wie eine Sonne, die in alles Übrige hineinleuchtet, verstehst du?"

Sie schwieg lange. Er auch – er wusste, dass er warten musste, bis sie wieder sprechen würde.

Schließlich sah sie ihn wieder an und sagte:

„Ehrlich gesagt ... es *würde* mir eine sehr große Last sein, wenn das das Einzige wäre – wenn *ich* das Einzige wäre...“

Er nickte langsam.

„Ja, ich verstehe.“

„Ich kann nicht Ihre Sonne sein.“

„Ja, Saskia, ich verstehe, was du meinst. Aber sag mir bitte auch von dir aus, was du fürchtest, was du ... genau meinst.“

„Aber das müssen Sie doch verstehen?“

„Ich verstehe es ja. Aber vielleicht hast du doch vor etwas Angst, was gar nicht so ist. Ich meine, wir sitzen jetzt hier und sprechen miteinander, nicht wahr? Ist das schon etwas Schlechtes? Oder etwas, was dich belastet? Aber es *ist* schon etwas, was die Sonne in meinem Leben ist. Ich kann nichts dafür. Ich kann es auch verschweigen, wenn du möchtest. Und trotzdem ist es so...“

„Nein, das meine ich nicht. Aber wovor ich Angst habe...“

Sie sah ihr leeres Glas an und schwieg wiederum lange.

Er wartete voller Geduld. Eine seltsame Ruhe war in ihm. Er empfand nur das Glück, jetzt und hier ihr gegenüberzusitzen. Er konnte nichts weiter tun, als ehrlich zu sein – und zu hoffen, dass es einen Weg gab, dass die Sonne in seiner Welt blieb...

Schließlich sah sie ihm wieder in die Augen. Sie sagte:

„Ich habe Angst davor, dass ich Ihnen nicht das geben kann, was Sie wollen. Dass Sie irgendwann mehr wollen, als ich es ... will. Dass Sie schon jetzt mehr wollen. Ach, ich weiß nicht, wie ich es sagen soll.“

Sie blickte wieder auf ihr Glas.

„Es tut mir so leid, dass du dies denken musst. Das will ich nicht. Ich ... ich will, dass du überhaupt keine Angst vor irgendetwas haben musst. Ich werde nichts wollen, nichts tun, nichts fragen, nichts bitten, was du nicht willst. Wenn du mir nicht begegnen willst, dann kannst du es einfach sagen. Jetzt oder jederzeit. Was du in deinem Brief geschrieben hast, bleibt gültig. Du kannst jederzeit ablehnen..."

Wieder sah sie ihn mit großen Augen an.

„Es tut mir leid, dass wir jetzt darüber reden...", sagte sie.

„Nein, das muss es nicht. Deine Angst ist doch nur allzu verständlich."

„Ich meine ... wenn man sich erst einmal kennt, ist es doch schwierig, plötzlich zu sagen ... ‚es ist mir zu viel', oder so etwas."

Er dachte kurz nach.

„Nein, Saskia. Eigentlich müsste man doch immer ehrlich sein können – obwohl das oft so unendlich schwierig ist. Aber du hast immer alles Recht dazu, denn ich wollte *dich* kennenlernen, obwohl du es eigentlich überhaupt nicht wolltest. Wenn du also irgendwann merken solltest, dass du es tatsächlich nicht mehr willst, oder was auch immer es ist, dann kannst du es sagen."

„Aber ... was ist dann mit ... der Sonne?"

„Ja", erwiderte er nachdenklich, „was soll ich sagen? Dann wäre sie, wenn du mir nicht mehr begegnen willst, wieder untergegangen... Aber wenigstens hat sie einmal geschienen... Sie würde dann aus der Vergangenheit noch immer weiter in mein Leben hineinscheinen können..."

„So würden Sie das sehen?"

Er nickte langsam.

„Ja... Ja, ich denke, ich würde dann jeden einzelnen Moment mit dir als eine wärmende Erinnerung sehen..."

„Aber wie soll das gehen? Ich meine, jetzt. Wie soll ich damit leben, dass ich Ihnen so viel bedeute?"

Er war zutiefst gerührt, dass sie überhaupt mit dieser Frage kämpfte.

„Ich weiß nicht – kannst du es nicht einfach ein wenig vergessen?"

„Wie soll man es vergessen, wenn man für jemanden eine Sonne ist?", fragte sie aufgeregt.

„Saskia", erwiderte er traurig, „wenn ich für dich überhaupt nichts sein kann, dann brauchst du dich zu nichts verpflichtet zu fühlen. Ich meine, eine Freundschaft ... oder eine Begegnung beruht doch immer auf Gegenseitigkeit. Wenn es diese in keiner Weise gibt, dann...

Aber wenn es sie doch gibt; wenn auch du dich freust, mich zu sehen, weil wir über bestimmte Dinge sprechen können, vollkommen vertraut; wenn wirklich eine Art Freundschaft entstehen sollte, dann ... dann finde ich es nicht wichtig, ob einer dem anderen mehr bedeutet. Ich meine, für mich wird es immer vollkommen selbstverständlich sein, dass ich dir nicht so viel bedeuten werde wie du mir. Aber das macht nichts, verstehst du? Meine einzige Frage ist: Wird es möglich sein, dass wir uns *irgendetwas* bedeuten, also dass auch ich dir wert werde, meine Bekanntschaft, meine Freundschaft dir wertvoll werden wird – oder nicht? Wenn sie es aber werden wird, dann wirst doch auch du in unserer Freundschaft eine kleine Sonne haben..."

„Ja, ich verstehe."

Dankbar sah er sie an.

„Jetzt muss ich glaube ich langsam nach Hause", sagte sie. „Ich habe ziemlichen Hunger."

„Hier gibt es doch bestimmt Essen – oder möchtest du lieber allein essen?"

„Na ja, ich habe nicht so viel Geld..."

„Ich würde dich von Herzen gerne einladen."

„Aber verstehen Sie, da geht es doch schon weiter..."

Wie er dieses Mädchen liebte! Egal, was sie sagte...

„Was denn, Saskia? Bitte sag es..."

„Ich würde mich nicht gut fühlen, wenn Sie das täten. Und ich bin es auch überhaupt nicht gewohnt – außerhalb zu essen, meine ich. Und dann noch vor jemandem, der mich einladen würde."

Er machte noch einen Versuch, dieses Hindernis zu überwinden und ihr entgegenzukommen.

„Bitte versteh' mich nicht falsch, wenn ich versuche, dir darauf zu antworten. Alles, was ich sage, ist immer nur ein Versuch, dass wir uns besser verstehen – nie ein Versuch, dich zu etwas zu überreden. Dein wirklicher Wunsch ist mir immer das Heiligste. Ich will ihn achten wie nichts sonst. Kannst du darauf vertrauen?"

Sie nickte.

„Und", fügte er hinzu, „hab bitte auch wirklich den Mut, mich zu unterbrechen oder deinen Wunsch noch einmal zu betonen, wenn du das Gefühl hast, ich rede an deinen Bedürfnissen vorbei und achte sie nicht. Willst du das tun?"

Wieder nickte sie, berührt.

„Ach, Saskia, mir läge so viel daran, dass wir uns schon so vertraut wären, wie es sein könnte. Aber zwischen vertraut und nicht vertraut liegen eben noch manche Hindernisse. Ich spüre das wie eine Entfernung. Und es ist ja auch eine Distanz, so nennt man das nun einmal. Aber wenn es einen Menschen gibt, der einem so viel bedeutet, würde man diese trennenden Distanzen am liebsten im Fluge überwinden. Gibt es nicht dieses Kinderlied? Und es stimmt: Wie gern ‚flög ich zu dir'! Nur aus diesem Grund ist das alles gesagt, was ich nun sage.

Wenn du jetzt wirklich gehen willst, dann bin ich für diesen Abend zutiefst dankbar. Wenn es aber nur ist, weil du kein Geld hast, dann bereitest du mir einfach nur eine Freude, wenn ich dich einladen darf. Du hast vielleicht das Gefühl, dass du dich damit mir gegenüber verpflichtest, aber das tust du nicht – und du sollst es wirklich nicht einmal denken. Du machst mir damit wirklich nur eine Freude – *das* sollst du denken! Ich habe genug Geld und würde dir noch ganz andere Dinge schenken wollen, wenn es darum ginge. Aber darum geht es nicht. Es geht nur darum, dass es mir eine allertiefste Freude ist, wenn wir so wie jetzt miteinander sprechen und beieinander sein können – für die Zeit, wo wir es eben sind. Und wenn du Hunger hast, soll dies der letzte Grund sein, der entscheidend dafür ist, dass diese Zeit vorbei ist – es sei denn, du *willst* nun allein sein, verstehst du? Du brauchst auch nicht das Gefühl zu haben, dass du alleine essen musst. Ich esse dann gern mit dir. Was soll ich noch sagen? Wenn man Hunger hat, soll man essen. Und das Essen soll eine Freude sein. Und das Zusammensein auch. Wenn du also nicht wirklich gehen willst, dann tu ruhig auch alles andere mit Freuden – und schenke *mir* die Freude, dich dabei nicht schlecht zu fühlen...“

Wieder waren da ihre großen Augen.
„Sind Sie wirklich sonst sehr schweigsam?“
„Ja...“
„Wie können Sie dann so sprechen, wie Sie es tun?“
„Wie spreche ich denn?“
„Sie haben genau von den Sorgen gesprochen, um die es ging.“
„Aber ist das nicht klar?“
„Doch ... vielleicht ... aber wer kann es dann so ... *schön* aussprechen? Meist spricht man darüber doch überhaupt nicht!“
„Ja, aber du bist nicht ‚meist‘. Unter normalen Umständen hätte ich wahrscheinlich auch nicht darüber gesprochen und hätte es sicher niemals in diesen Worten tun können. Ich wundere mich ja auch fortwährend über mich selbst. Aber ich habe heute schon so viel getan, was mit ‚meist‘ überhaupt nichts zu tun hat. Das liegt alles nur daran, dass...“
Er unterbrach sich und sagte stattdessen:
„Ich will nicht immer wieder dasselbe sagen, was für dich dann doch so schwer wäre. Aber ich glaube wirklich, dass ich nur durch dich und bei dir so sprechen gelernt habe. Mein Herz ist es, das mir die Worte gibt. – Ist das nicht seltsam: *Du*

hast mich eigentlich so sprechen gelehrt, auch wenn du es gar nicht weißt..."

„Das glaube ich nicht."

„Glaube es oder nicht, ich weiß, dass es so ist."

„Dann muss es doch vorher schon irgendwo in Ihnen gewesen sein."

„Ja, vielleicht, das ist möglich. Aber nur die Begegnung mit dir hat es befreit. Du bist dann die Befreierin gewesen. – Und ... *ist* es nicht so? Befreit nicht auch die Sonne im Frühling die Bäche vom Eise, die Pflanzen aus der Erde, die Vögel zum freien Flug?"

„Aber das kann doch nicht sein!"

„Doch, das kann sein! Lass es nur zu! Lass es nur zu, dass du eine Lehrerin und eine Befreierin bist. Ich kann es ja selbst kaum glauben, dass es so wirkt. Aber lass es nur zu – so wie auch die Tatsache, dass du eines Tages eine wunderbare Tierärztin sein wirst!"

Sie musste lachen. Zum ersten Mal lachte sie! Und was für ein wunderbares Lachen sie hatte...

„Wie haben Sie denn *diesen* Bogen nun hinbekommen?"

„Auch er liegt auf der Hand. Du willst das eine nicht glauben, du willst das andere nicht glauben. Und wenn doch beides wahr ist...?"

Noch immer sah sie ihn fröhlich, unbeschwert an.

Am liebsten hätte er ihr auch noch gesagt, wie wunderschön ihr Lachen war, aber er wollte es nicht wiederum riskieren, ihr Leben auch damit schwerer zu machen. So fragte er nur:

„Würdest du also gerne zusagen, mit mir noch etwas zu essen?"

„Ja, wenn es Ihnen wirklich nichts ausmacht, dann sehr gerne..."

*

Das Mädchen bestellte vegetarisches Chili con carne und er nahm einfach dasselbe. Sie aßen mit Appetit und ungezwungen.

Als sie aufgegessen hatten, sagte er:

„Saskia, ich danke dir so sehr für diesen wunderbaren Abend! Dafür, dass ich dich auf diese Weise kennenlernen durfte. Dass du dazu bereit warst. Dass du es eigentlich warst, die diesen Abend gerettet hat. Dafür, dass wir gemeinsam durch den Schnee gegangen sind und du mich hierher geführt hast. Ich war so hilflos und naiv, dass du mich wirklich gerettet hast. Nun möchte ich denselben Fehler nicht noch einmal machen. Und weil du wirklich meine Sprache befreit hast, mit deinem ganzen Vertrauen, das größer war, als ich je hoffen durfte, möchte ich zum Abschied für heute noch versuchen, eine Brücke in die Zukunft zu bauen. Ich hätte nie gedacht, dass ich so zu dir sprechen könnte. Aber nun kann ich es, indem ich mich getragen fühle von dir, von deinem Zuhören. Also eine Brücke..."

Er konnte nicht aufhören, staunend sein eigenes Sprechen zu erleben, erschüttert über all die Worte, die ihm geschenkt wurden. Aber er durfte nicht daran denken, dass er flog, in freiem Fluge, denn dann würde er stürzen. Er musste einfach weiterfliegen, getragen von ihr... Ihre Anwesenheit war es, die sein ganzes Erleben erfüllte, und dieses Erleben ließ ihn so sprechen...

„Was in der Zukunft liegt, das liegt auch bei dir. Was du willst oder wollen kannst, danach will ich mich richten. Und sei es, dass du mich nicht wiedersehen möchtest, Saskia. Bitte glaube mir, dass du ganz ehrlich sein kannst – und sogar sollst! Ich blicke in die Zukunft nur unter der Voraussetzung, dass du das auch willst. Ich sehe in deinen Augen, dass du mir voller Offenheit zuhörst, und schon das macht mich glücklich...

Zur Zukunft gehört die Frage, wann wir uns wiedersehen können und wollen. Wann ich es will, oder wie oft, das brauche ich dir nicht zu sagen. Aber um mich geht es bei dieser Frage nicht. Vielleicht hältst du es für möglich, dass wir uns nächste Woche wiedersehen. Vielleicht möchtest du es lieber nur alle zwei Wochen... Aber vergiss nicht, dass wir uns noch nicht einmal wirklich kennengelernt haben. Die Zeit des Kennenlernens ist auch eine besondere, die vielleicht einen anderen Rhythmus, eine andere Intensität braucht, wenn man sich wirklich vertraut werden will, nicht nur einfach so irgendwie ‚bekannt'. – Davor habe ich vielleicht am meisten Angst: Dass wir uns irgendwie oberflächlich kennenlernen, obwohl wir die Gelegenheit gehabt hätten, eine ganz andere Art des Vertrautwerdens zu erreichen. Wie oft verpasst man im Leben Gelegenheiten, wodurch das Leben und auch eine Begegnung ganz anders verlaufen wäre? Mit dir möchte ich nichts falsch machen – wirklich nichts, Saskia. Und ich hoffe, dass du nicht aus Angst irgendeinen *künstlichen* Abstand hältst, sondern immer nur den Abstand, den du wirklich brauchst. Verstehst du, was ich meine?"

„Ja", erwiderte sie leise.

„Das ist also das erste, was ich voller Vertrauen in deine Hände lege: die Frage, wann ich dich das nächste Mal wiedersehen darf; wann du mir das nächste Mal wiederbegegnen willst und dieser Abend eine Fortsetzung finden kann. Die nächste Frage, die auch zu der Brücke in die Zukunft gehört, ist, was wir tun können; worüber wir sprechen können; was unser Kennenlernen ausmachen kann. Ich will da nichts vorwegnehmen. Ich will nur, dass wir nicht ganz ratlos und unbeholfen davorstehen und nur die Absicht haben, aber hilflos dabei sind, sie zu verwirklichen. Hilflos war ich heute schon genug. Und ich fühle sogar, dass mich das gerettet hat. Dass dein Mitleid es eigentlich gewesen ist, was die Brücke zu diesem ersten Abend überhaupt nur gebaut hat... Ich will nun nicht in das Gegenteil fallen, sondern nur versuchen etwas auszusprechen, was vielleicht ein Licht darauf werfen kann, wie wir uns überhaupt weiter kennenlernen können. Ich will dich mit dieser Frage nicht ganz allein nach Hause gehen lassen, ich will nicht, dass du wieder eine Art furchtsame Frage haben musst, was ich eigentlich will. Sondern ich hoffe, ich kann dir mit allem, was ich sage, genügend Sicherheit darüber geben, so dass du für dich selbst entscheiden kannst, ob du das auch willst... Glaube nur nicht, dass ich selbst ganz sicher dir gegenüber bin. Meine ganze Sicherheit hängt ebenfalls nur von dir ab. Deine wunderbare Offenheit macht mich sicher, nichts anderes. Bestünde nur mein Wunsch, dir weiter zu begegnen, ohne dass ich diese Offenheit bei dir spüren würde, wäre sofort all meine Sicherheit dahin. Du siehst, ich habe dir nichts voraus, nicht das Geringste... Alles, was ich habe, verdanke ich nur dir...

Und nur mit diesem Vertrauen, dem mir von dir geschenkten Vertrauen, das nun wieder zu dir zurückströmt, sage ich: Ich wünschte mir so sehr, dass zwischen uns eine Freundschaft entsteht, in der wir keinerlei Angst mehr spüren, einander dasjenige anzuvertrauen, was uns im Innersten beschäftigt; was unsere innersten Fragen an das Leben sind, unsere Gedanken, Empfindungen... Die Entstehung einer solchen Freundschaft braucht natürlich Zeit. Aber sie wird auch nur dann entstehen, wenn man wirklich mit dieser Hoffnung immer weiter aufeinander zugeht. Das ist eigentlich ein wunderbares Bild: ein tief vertrauensvolles Aufeinanderzugehen, in dem das Vertrauen nur noch immer weiter wächst...

Ich würde gern in jeder Hinsicht mehr über dich erfahren, an deinem Leben Anteil nehmen, sowohl an deinem vergangenen als auch an deinem jetzigen Leben. Das sage ich nicht, damit du dich gedrängt fühlst, mich daran Anteil nehmen zu lassen, sondern nur, damit du weißt, dass es nichts gibt, dem ich nicht mit innigem Interesse begegnen würde. – Ich selbst habe diese Angst oft. Ich glaube oft, dass mein Leben, meine Gedanken, meine Hoffnungen für andere Menschen nicht interessant sind, auch für dich nicht. Und gerade weil ich diese Angst, diese Empfindung oft habe, möchte ich dir sagen, dass *du* diese Angst niemals haben musst. Du und dein Leben bedeuten mir so viel, dass ich immer an allem den größten Anteil nehmen werde, was du mit mir teilen möchtest.

Das gilt dann auch für das, was du gerne tun würdest. Mit blindem Vertrauen sage ich dir: Ich folge dir gern überallhin. Vielleicht gehst du gerne spazieren, vielleicht gehst du gern in ein Konzert, ins Kino, vielleicht sitzt du gern einfach an einem bestimmten Ort – und es gibt noch sehr viele andere ‚Vielleichts'. Was immer du mir vorschlagen wirst – allein die Tatsache, dass du es durchaus gerne mit mir zusammen tun würdest, wird mir genügen, es voller Freude zu erwidern. Du musst dich nicht gezwungen fühlen, mir irgend so etwas vorzuschlagen. Ich will dir nur sagen, *wenn* du jemals einen solchen Gedanken haben wirst, sollst du wissen, wie ich ihn aufnehmen würde. Du sollst dich nie fragen: Ob er das jetzt wohl überhaupt auch gerne machen würde? Die Tatsache, dass es in dem Moment *dein* Wunsch ist und dir Freude machen würde, wird für mich immer vollauf Grund genug sein, es ebenfalls gerne zu tun; deine Freude zu teilen oder dich darin zu begleiten, wenn du dir das gerne wünschst und vorstellen kannst, wird immer *meine* Freude sein.

Ja ... das war es eigentlich, was ich dir noch sagen wollte..."

Einen langen Augenblick erwiderte sie einfach nur seinen Blick. Dann senkte sie den ihren und schwieg eine ganze Weile – und er schwieg mit ihr...

Schließlich sagte sie leise:

„Ich weiß nicht, woher Sie das haben, diese Gedanken, diese Worte. Es klingt wie ein Ideal. Ich ... ich spreche sonst auch nicht viel. Aber, was Sie gerade alles gesagt haben, das...

Man glaubt eigentlich gar nicht, dass es solch ein Ideal wirklich gibt. Ich meine ... ich habe so etwas in mir, solche Gedanken, solche Träume...

Es ist nur so seltsam, dass Sie das mir gegenüber so aussprechen..."

Er nickte.

„Es ist schön, dass du selbst dieses Ideal auch so sehr empfindest. ... Ich wünsche dir, dass du irgendwann einen Jungen findest, dem du selbst ähnliche Worte sagen kannst oder der sie zu dir sagt oder der es so fühlt.

Mach dir bitte nicht so viele Gedanken darüber, dass nun ich so gesprochen habe. Nun weißt du einfach, was du mir bedeutest – aber du kannst damit umgehen, wie du willst. Ich kann deine Zuneigung nur gewinnen, wenn ich dich völlig frei lassen kann ... und dir trotzdem etwas bedeuten kann. Ob ich das aber tue, nach und nach, das liegt nicht bei mir. Ich kann dir Verständnis schenken, Zeit, Freundschaft, Vertrauen, Freude, Geborgenheit oder was du möchtest. Aber ich kann dir nur das schenken, was du selbst möchtest. Das, womit ein Junge deines Alters deine Freundschaft und Liebe gewinnen könnte, habe ich nicht. Nur alles Andere. Und ich hoffe, dass es für eine andere Freundschaft ausreichen wird, dass es eine andere Freundschaft entstehen lassen kann.

Und ich weiß, dass es viel verlangt ist – denn gibt es nicht unzählige Menschen, mit denen man das haben kann? Überall auf der Welt suchen Menschen nach Freundschaft, nach Vertrauen. Und so viele Menschen könnten es sich einander schenken. Aber der eine Mensch sucht vor allem die Freundschaft eines bestimmten anderen Menschen. Und vielleicht sucht dieser andere Mensch wiederum bei ganz anderen Menschen und muss diesen einen Anderen zurückweisen...

Für mich bist es gerade *du*. Ob aber ich für dich zumindest ein wesentlicher Mensch unter anderen sein kann, das kann ich nicht mehr bestimmen. Ich konnte nicht einmal bestimmen, dass du für mich so wesentlich wurdest. Du warst es einfach, vom ersten Moment an..."

„Ich danke Ihnen für all Ihre Worte", sagte sie leise. „Sie wissen ja, dass ich es kaum verstehen kann, oder dass ich kaum damit umgehen kann. Aber dankbar bin ich dafür trotzdem. Und ich habe das Gefühl, dass ich das alles nicht verdient habe. Ich kann es ja gar nicht erwidern..."

„Das brauchst du ja gar nicht. Es ist für mich schon der schönste ‚Dank', wenn du dafür wirklich auch eine Art Dankbarkeit empfindest, ich meine, wenn es sich für dich nicht nur schwer anfühlt, sondern irgendwo auch schön. Gerade da liegt doch die einzige Brücke..."

„Ja."

Er sah sie vorsichtig fragend an und sagte dann:

„Und ... weißt du dann jetzt schon, wann du diese Brücke weiterbauen wollen würdest..."

Sie erwiderte:

„In zwei Wochen ist schon Weihnachten. Da fahre ich zu meinen Eltern nach Hause. Aber bis dahin ist noch ein wenig Zeit. Morgen könnten wir uns noch einmal treffen."

Sein Herz erfüllte sich mit tiefer Freude über ihre Worte. Das hatte er nicht erwartet...

„Sehr gerne! Und wo?"

„Vielleicht um vier Uhr in dem Café?"

„Oh, ich würde es leider erst kurz nach fünf schaffen."

„Natürlich, Entschuldigung, Sie müssen ja arbeiten."

„Wäre denn viertel nach fünf auch noch gut?"

„Ja, dann also wieder hier?"

„Ja, wenn es dir hier gefällt."

„Gefällt es Ihnen hier nicht?"

„Mir ist nur wichtig, dass es dir hier wirklich gefällt. Wir könnten auch oben in der Altstadt zum Beispiel zu einem Italiener gehen. Dort wäre es noch etwas ruhiger, dafür aber vielleicht weniger urig und ungestört. Entscheidend ist nur, wo es dir am meisten gefällt und du dich am wohlsten fühlst – und zwar dann morgen. Ich folge dir voller Freude überallhin und lade dich natürlich dann ein."

„Nein, hier ist es schon schön. Aber Sie dürfen wirklich *auch* sagen, wenn Sie woanders hinwollen – und sollen es bitte auch."

„Gut, ich verstehe, Saskia. Das würde ich dann auch tun, bitte hab keine Sorge, ja?"

„Gut, dann bin ich beruhigt."

Sie lächelte.

„Wohnst du weit von hier?"

„Nein, zehn Minuten zu Fuß."

„Möchtest du lieber allein nach Hause gehen, oder darf ich dich noch begleiten?"

Sie überlegte einen Moment.

„Ehrlich gesagt, möchte ich lieber allein nach Hause gehen. Es würde sich für mich etwas komisch anfühlen, wenn Sie mich begleiten."

Etwas unsicher sah sie ihn an.

„Das verstehe ich", sagte er. „Bitte habe doch wirklich keine Bedenken, mir so etwas zu sagen. Vielleicht muss ich auch lernen, mich zu beherrschen und manche Fragen gar nicht erst zu stellen..."

„Das konnten Sie ja nicht wissen."

„Die Hauptsache ist, Saskia, das du immer wirklich nach deinem Gefühl gehst und nicht dahin kommst, nur mir zuliebe etwas zu tun, was sich für dich dann doch nicht ganz gut anfühlt. Ich will mich nach dir richten, und nicht umgekehrt. Hab keine Sorge, mich zu enttäuschen, wenn du mal ‚Nein' sagst – oder immer wieder, so oft du willst. Du enttäuschst mich nicht. Ich muss es nur fragen, weil ich erst lernen muss, was für dich in Ordnung ist und was nicht – oder was jetzt im Moment nicht. Aber wenn ich fragen darf, darfst du auch ‚Nein' sagen. Bitte sei immer ganz ehrlich. Ich will *dich* kennenlernen. Und zu dir gehören auch deine ‚Neins'..."

„Sie sind wirklich ein besonderer Mensch", sagte sie.

„Nein", widersprach er. „Alles, was ich sage, entspringt dem, was ich dir gegenüber empfinde. Wenn das besonders ist, dann bist *du* ein besonderer Mensch, und das bist du ja auch..."
Sie schüttelte leicht den Kopf.
„Trotzdem... Ich bin auch nicht besonders. Sie *sehen* in mir etwas Besonderes, aber ich weiß noch immer nicht, warum. Dass Sie es aber tun, liegt an Ihnen, nicht an mir."
Er lächelte.
„Dann sind wir doch bei einem wunderbaren Rätsel angelangt. Wenn wir wollen, können wir dies ja morgen weiter vertiefen. Ich jedenfalls bleibe bei meinem Standpunkt..."
Sie lächelte nun ebenfalls.

Als er gezahlt hatte und sie nach draußen traten, empfing sie die frische Abendluft. Es hatte aufgehört zu schneien, auf der Straße lag wieder eine zwei oder drei Finger dicke Schneeschicht.
Er hörte, wie das Mädchen einmal tief Luft holte.
„Ist das schön!", sagte sie freudig.
„Ja", stimmte er ihr bei, „es ist schön. Alles..."
Sie hatten doch noch eine kleine Strecke gemeinsamen Wegs.
Als das Mädchen schließlich abbiegen musste, gaben sie sich die Hand, und er sagte:

„Vielen Dank für alles, Saskia! Und bis morgen Nachmittag."
„Ja..."
Er blickte ihr noch kurz nach. Als sie sich nach wenigen Schritten nochmals umdrehte, hob er die Hand, dann wandte auch er sich zum Gehen.
Ihr unsicherer Abschied hatte ihn noch einmal sehr berührt. Er hatte gespürt, dass sie nicht gewusst hatte, was sie genau erwidern sollte. Für sie war es auch ein besonderer Abend gewesen – aber er hatte zu viele verschiedene Eindrücke miteinander vereint. Für ihn war es unmittelbar verständlich,

dass sie keine eindeutigen Abschiedsworte hatte finden können. Er verstand sie so gut – und jede Geste von ihr war ihm
so lieb...

Erfüllt von tiefsten Empfindungen ging er durch den Schnee
nach Hause. An diesem Tag war mehr geschehen als in vielen
Jahren seines ganzen Lebens...

.

Als er am nächsten Tag nach der Arbeit zum ‚Robins' ging, kreisten ihm immer wieder dieselben Gedankenfetzen durch den Kopf.

Er hatte gestern Abend den Fehler begangen, seiner Frau die Frage zu beantworten, was er wieder so lange gemacht habe. In einem Satz hatte er die Wahrheit gesagt. Den ganzen Tag hatte er dies bereits bereut. Sie hatte nach seinen Worten ihre üblichen Bemerkungen gemacht, die diesmal aber mehr unter die Gürtellinie gingen als je zuvor. Ihm selbst wäre dies egal gewesen, aber nun fühlte er auch das Mädchen dadurch beschmutzt. Zugleich hatten die Bemerkungen seiner Frau trotz allem wieder Zweifel in ihm gesät. Wieder hatte er sich fragen müssen, ob sie in all ihrer Bosheit in letzter Hinsicht nicht doch auch Recht hatte. Und dann hatte er nachts tatsächlich geträumt, er würde Saskia küssen, und sie würde es erwidern...

Wo stand er mit alledem? Er fühlte sich furchtbar. Seine Sehnsucht zu diesem Mädchen war so groß, und das, was mit dem Traum zu tun hatte, befand sich irgendwo mittendrin. Er wollte es außerhalb halten, aber da war es trotzdem.

Als er wieder zu ihrem Tisch von gestern ging, saß Saskia schon da. Er hatte sich ein paar Minuten verspätet.

„Hallo", sagte sie und gab ihm die Hand.

In ihrer Stimme, ihren Augen, ihrer Geste mischten sich eine leichte Unsicherheit mit viel Unbefangenheit. Dieser eine Moment berührte ihn so tief, dass er seine eigenen Gedanken und Zweifel schmerzlich wie einen Pfahl der Unreinheit in seiner eigenen Seele empfand. Wie viel Vertrauen musste ihr der gestrige Abend gegeben haben, dass sie ihn jetzt so begrüßte!

„Hallo, Saskia. Wie geht es dir?"

„Gut. Und Ihnen?"

Was erfasste man mit diesen Fragen überhaupt? Im Grunde war diese Frage auf ein Unendliches gerichtet – und man antwortete doch im Laufe einer Sekunde, mit nur einem kurzen Wort. Lag darin dann alles, was gefragt worden war?

Und ihre Frage ... er konnte ihr jetzt nicht die volle Wahrheit sagen – und auch das gab ihm wieder einen Schmerz. Doch wenn er alles für den Moment von sich wies und nur auf den gegenwärtigen Augenblick achtete, konnte er ihr wahrheitsgemäß antworten.

„Sehr gut, jetzt... Ich freue mich so sehr."

„Ging es Ihnen sonst heute nicht so gut?"

Nun hatte sie doch genau die eine Nuance herausgehört, ohne die er sich unwahrhaftig vorgekommen wäre.

Er seufzte.

„Nein."

Ihr fragender Blick gab ihm keine Möglichkeit, es bei dem einen Wort zu belassen.

„Meine Frau. Es ist eine lange Geschichte. Unsere Ehe ist eigentlich am Ende. Aber wir leben nun einmal noch zusammen. Ich habe den Fehler begangen, ihr zu beantworten, was ich gestern gemacht habe. Ich habe nur einen einzigen Satz gesagt – und daraufhin hat sie Bemerkungen gemacht, für die ich mich jetzt noch schäme, auch um deinetwillen."

Saskia erschrak.

„Was für Bemerkungen?"

„Du kannst es dir sicher vorstellen. Von wegen junges Mädchen und so weiter. Ich kann es wirklich nicht wiederholen. Es war tief unter der Gürtellinie, beleidigend, beschmutzend. Ich schäme mich wirklich."

Er sah, dass ihr die Wendung des Gesprächs unangenehm war, und in ihm stieg eine Furcht auf, dass sich dies zwischen sie legen könnte.

„Warum ist das so?", sagte er traurig, „warum kann man einen Menschen nicht so zulassen, wie er ist, zulassen, was er tut oder nicht tut. Warum muss man einander so quälen, verletzen?"

Die Bedienung kam und brachte die Speisekarte.

„Es sind wirklich immer seltsame Momente, in denen man unterbrochen wird", sagte er. „Möchtest du gern wieder etwas essen?"

„Nein, danke. Jedenfalls noch nicht."

Sie bestellten einen Apfelsaft und ein Wasser.

„Warum *ist* ihre Ehe am Ende?", fragte Saskia.

„Weil es genau so ist, wie ich sagte. Es gibt zwischen uns nichts mehr. Nur noch dieses Verletzenwollen seitens meiner Frau. Ich verstehe es nicht."

„Aber wie kam es dazu?"

„Ich weiß es nicht. Es ist kein schönes Thema. Ich habe das Gefühl, dass es sich uns jetzt aufgedrängt hat, ohne dass wir das wollen. Von mir aus würde ich darüber gar nicht sprechen wollen, und du musst dich dafür wirklich nicht interessieren, zumindest jetzt nicht. Es würde mir leid tun, dich da hineinzuziehen und dich nur zusätzlich zu belasten – das will ich überhaupt nicht! Ich möchte nicht, dass sich uns Themen aufdrängen. Nur *deine* wirklichen Fragen würde ich immer beantworten. Ich will nicht, dass irgendeine Situation oder irgendein Umstand unsere Begegnung bestimmt. Ich habe Angst davor, dass es dann nicht mehr *unsere* Begegnung ist. Verstehst du, was ich meine?"

„Ja, ich verstehe", erwiderte sie. „Aber jetzt ist es ja trotzdem da. Darf ich es trotzdem fragen? Ich würde es gerne wissen."

„Ja, wenn du es willst, werde ich dir antworten."

Sie erhielten die Getränke.

Als sie wieder allein waren, sagte er:

„Wie es dazu kam ... ich weiß es nicht genau. Es geschah sozusagen schleichend. Es gab manche Bemerkungen meiner Frau, die ich einfach verletzend fand. Ich habe das einfach nie verstanden. Ich habe versucht, es zu ignorieren. Aber diese Situationen häuften sich. Es war eine Art von Herrschaft, so erlebe ich das jetzt. Das Ganze entwickelte sich über Jahre, viele Jahre – eigentlich zu viele Jahre. Auch das verstehe ich nicht. Es ist mir ein Rätsel. Ich selbst bin mir ein Rätsel – wie ich das alles so lange ausgehalten habe, einfach ertragen, verstehst du? Ich selbst bin mir ein Rätsel. Ich weiß eigentlich nicht, wo und wer ich diese vielen, langen Jahre gewesen bin. Ich weiß es jetzt eigentlich noch immer nicht. Aber irgendetwas ist passiert. Es ist wie eine Art Aufwachen – in der Gestalt eines Nicht-mehr-ertragen-Könnens und eines ersten Seinen-eigenen-Weg-Gehens.

Jetzt, wo ich das sage, schäme ich mich furchtbar, denn du musst mich für einen völligen Naivling halten, der gerade erst lernt, erwachsen zu werden, obwohl er sozusagen schon halb vor der Rente steht. Das ist doch etwas Unmögliches! Aber ich muss es gestehen, wie es ist. Es *ist* unmöglich..."

Sie schwieg. In ihren Augen konnte er nicht lesen, was sie dachte.

„Du kannst damit nichts anfangen, oder? Bin ich in deinen Augen jetzt ein..."

„Nein", unterbrach sie ihn. „Ich ... habe mich gefragt, ob es eine Möglichkeit gegeben hätte, das aufzuhalten. Aber das kann man wahrscheinlich gar nicht beantworten..."

„Nein..."

„Und haben Sie denn nie versucht, mit Ihrer Frau darüber zu sprechen?"

„Doch, aber erst vor wenigen Wochen, da habe ich es einmal versucht. Es ist eigentlich absurd, das jetzt so gestehen zu müssen... Es war einfach viel zu spät."

„Wie ist das Gespräch verlaufen?"

„Ich habe versucht, sie zu fragen, warum sie so handelt. Was sie von mir erhofft. Ob ich etwas falsch gemacht habe. Ob wir nicht noch etwas ändern könnten. – Sie wollte sich nicht darauf einlassen, sie ist nicht auf diese Ebene des gemeinsamen Gesprächs mitgekommen. Sie hat ihre Art beibehalten und hat mir in Form von Vorwürfen alle meine angeblichen Fehler aufgezählt: dass ich mich ja immer nur zurückgezogen hätte; dass es jetzt viel zu spät sei, irgendetwas zu ‚klären' oder zu ‚ändern'. Dass ich unfähig zu einer Beziehung sei, ein Waschlappen, ein Nichtsnutz. Ich weiß nicht, was sie alles gesagt hat, aber das war das Bild, was sie mir vermitteln wollte. Sie wollte auch da nichts ändern, sie wollte oder konnte mir auch da letztlich nur Vorwürfe machen."

„Das ist ja schlimm", sagte Saskia leise.

„Ja. Aber vielleicht hat sie auch da noch ein wenig Recht. Wenn ich selbst nicht weiß, wo die ganzen Jahre geblieben sind – vielleicht habe ich *sie* auch viel zu sehr enttäuscht."

„Aber das ist doch kein Grund, jemanden so zu behandeln, wie Sie es beschrieben haben!"

„Ja, das ist kein Grund. Aber vielleicht konnte sie nicht anders. Vielleicht hat immer jemand irgendwo Recht. Vielleicht können manche Dinge nur so gehen, wie sie gehen..."

„Das wäre traurig."

Jetzt sah er sie einfach nur an. Es war so schön, *ihr* Wesen zu erleben. Welch ein Unterschied zu seiner Frau...

Vielleicht hatte sie es als ein Abwarten gedeutet, jedenfalls sagte sie nun:

„Ich stelle mir vor, dass man immer *rechtzeitig* etwas ändern könnte."

„Ja, das wäre schöner", erwiderte er nachdenklich. „Hattest du mit so einer Frage denn schon einmal zu tun?"

„Nein. Aber manchmal, wenn ich von einem Problem höre oder etwas davon mitbekomme, stelle ich mir vor, was geschehen müsste, damit es doch gut ausgeht – oder was geschehen hätte müssen, damit es gut ausgegangen wäre."

„Das ist eine schöne Eigenschaft, Saskia. Vielleicht würdest du ja auch eine gute Therapeutin werden."

„Nein, das glaube ich nicht."

„Du hast gesagt, du bist eigentlich auch eher schweigsam. Wie kommt das oder wie meinst du das? Ist das Schweigsam-Sein gut oder schlecht? Was bist du für ein Mensch, Saskia? Willst du etwas von dir erzählen?"

Er spürte wieder ein wenig ihre Befangenheit.

„Nein, eigentlich will ich nicht – ich meine, nicht von mir aus. Ich will schon gerne versuchen, Ihre Frage zu beantworten. Aber von mir aus würde ich das nicht tun. Das ist meine Schweigsamkeit. Ich habe schon in der Schule immer irgendwie diejenigen bewundert, die immer im Mittelpunkt standen. Solche gibt es ja immer. Auch da habe ich mich eigentlich oft gefragt, wie die das machen. Aber es war nicht so, dass ich das auch können wollte. Vielleicht ein bisschen. Aber ich war auch gern allein.

Ich habe nur dann etwas gesagt, wenn man mich gefragt hat – und auch dann meistens nicht viel. Später, als dann die Zeit der Feten kam, habe ich eigentlich erst gemerkt, dass ich etwas anders bin als die meisten anderen. Ich hatte dafür nicht viel übrig, und wenn ich doch mal mitkam, saß ich meistens sehr allein in einer Ecke."

„Hat dich nie ein Junge angesprochen oder so etwas?"

„Doch, ein-, zweimal schon. Das war dann eine ziemliche Katastrophe."

„Warum?"

„Weil entweder ich gleich gesagt habe, ich habe keine Lust, also er soll mich sozusagen in Ruhe lassen, oder weil ich mich so blöd angestellt habe, dass er nach kurzer Zeit wieder gegangen ist."

Er war von der Art, wie sie dies erzählte, tief berührt.

„Saskia, du hast gesagt, du sprichst darüber nicht gerne. Und nun erzählst du mir doch dies alles..."

Eine leichte Röte flog über ihr Gesicht.

„Ja... Vielleicht, weil ich Ihnen vertraue..."

Das Gefühl eines völlig unverdienten Glücks überkam ihn wie eine heilige Scham.

„Ich werde das nie enttäuschen...", erwiderte er leise und sah ihr tief berührt in die Augen.

Verlegen wandte sie ihren Blick ab.

Um ihr darüber hinwegzuhelfen, knüpfte er schnell wieder an ihr Gespräch an.

„Du hast gesagt, dass du für die Feten nicht viel übrig hattest – aber es gab dann doch Momente, wo du dir gewünscht hättest, es einmal so gut hinzukriegen wie die, die immer im Mittelpunkt stehen können?"

„Ja, ein-, zweimal hätte ich mir das wirklich gewünscht."

„Und wünschst du es dir immer noch?"

„Was?"

„Sozusagen ein wenig anders zu sein. Andere Fähigkeiten zu haben, einen anderen Mut, und so etwas. Ich meine, ist die Schweigsamkeit, von der du sprichst, etwas, was du liebst, was du sehr gern hast, was du wirklich bist – oder ist sie etwas, worunter du auch öfter leidest und was du als ein Hindernis erlebst?"

Sie schwieg eine Weile und dachte nach.

„So deutlich, wie Sie es eben gesagt haben, habe ich darüber noch nie nachgedacht. Ich glaube, meistens bin ich wirklich so, wie ich bin – und würde auch nicht anders sein wollen. Nur...", wieder zeigte sich eine leichte Röte auf ihrem Gesicht, „nur einen Freund hätte ich gerne. Aber ich glaube, so werde ich keinen finden..."

„So...?"

„So schweigsam."

„Aber du bist doch wirklich gar nicht schweigsam!"

„Sie ja auch nicht."

Er musste lächeln – und verstand.

„Das heißt also, wenn es dir wirklich darauf ankäme, gerade dann versagen deine Fähigkeiten oder dein Mut?"

„Ja."

„Bist du hier schon einem Jungen begegnet, den du gerne kennenlernen würdest?"

„Nein. Mein Studium hat ja gerade erst seit zwei Monaten begonnen."

„Das macht ja nichts."

„Ich musste mich hier erst einmal zurechtfinden."

„Ja, natürlich. Wie hast du es geschafft, so schnell die Arbeit in der Buchhandlung zu finden?"

„Oh ... ja." Sie war etwas verlegen. „Das gehörte zu den ersten Dingen, die ich schaffen wollte. Ein Nebenjob. Es war Zufall, dass das so schnell geklappt hat. Sie suchten jemanden; das mit den zwei Tagen kam ihnen entgegen, und ich konnte es halbwegs so einrichten, dass ich nicht zuviel ausfallen lassen muss."

Er fragte sich, ob sich ihre Lebenswege überhaupt begegnet wären, wenn dies nicht geschehen wäre. Nun schien es ihm wie ein Wunder. Er hoffte, dass sie es nicht in irgendeinem Teil ihres Inneren bereute – und wenn doch, dass sie es immer weniger tun würde...

„Was beschäftigt dich zur Zeit am meisten? Ist es der Gedanke an einen Freund?"

Saskia antwortete nicht sofort.

„Du brauchst natürlich nicht zu antworten...", sagte er vorsichtig.

„Ich bin solche Gespräche nicht gewohnt. Dass es so in die Tiefe geht..."

„Tut mir leid", sagte er. „Bitte sag mir, was ich darf und was nicht. Ich..." Er überlegte. „Es ist so schwer. Normalerweise lernt man sich kennen, indem man erst über anderes spricht und dann langsam Vertrautheit gewinnt. Aber welchen Grund hätte ein Mädchen wie du, mit einem älteren Mann wie mir über unwichtige Themen zu sprechen? Ich habe einfach immer wieder Angst, dass dir dies alles unwesentlich und damit auch lästig erscint. Deswegen versuche ich wahrscheinlich, das Wichtige und Wesentliche und eigentlich auch die Vertrautheit an den Anfang zu stellen. Aber das ist wahrscheinlich gar nicht möglich. Bitte verzeih... Vielleicht ist es auch *alles* gar nicht möglich..."

„Nein, ich wollte Sie nicht so unsicher machen", begann sie. „Für mich ist es so schwer!", erwiderte er. „Denn für mich ist alles völlig anders als für dich. Ich *habe* einfach schon vollstes Vertrauen in dich. Nicht in die Erwiderung deiner Zuneigung, aber in dich. Ich würde dir *alles* erzählen, wenn du mich fragen würdest. Und ich habe auch eine solche Sehnsucht nach deinem Vertrauen, dass es wirklich weh tut, innerlich. Aber ich verstehe dich natürlich auch. Und ich hoffe fortwährend, dass ich keine Fehler mache; dass ich dich nicht verletze; dass ich dich nicht überfordere. Und dann wieder fürchte ich, dass dies vielleicht gar nicht zu vermeiden ist – und dann steigt in mir eine große Angst auf, dich zu verlieren, weil ich keine Möglichkeit habe, dich zu halten, deine Freundschaft und dein Vertrauen zu gewinnen..."

„Sie brauchen diese Angst nicht zu haben", sagte sie leise.

„Aber wie mache ich es, dass ich nichts falsch mache? Dass ich nicht etwas frage, wobei du plötzlich das Gefühl hast, dass es nicht wirklich angenehm ist, mit mir zu sprechen? Ich hoffe so sehr, dass wir über Dinge sprechen können, die dir etwas bedeuten – und die, indem wir darüber sprechen, das Vertrauen, die Nähe, die Freundschaft, die vielleicht möglich ist, auch wirklich schaffen können... Aber wenn ich dann Themen berühre, die eher die Distanz vergrößern ... ich könnte mir das nie verzeihen, denn gerade das tut so weh..."

Saskia sah ihn an und sagte zögernd:
„Wenn Sie mich wirklich kennenlernen wollen, brauche ich Zeit. Ich vertraue Ihnen. Und ich habe Ihnen schon mehr erzählt, als ich fast allen anderen Menschen erzählen würde. Aber eine Vertrautheit entsteht doch erst mit der Zeit, oder? Ich würde auch gerne über das sprechen, was mir am wichtig-

sten ist. Aber das Thema ‚Freund' ist mir zu nah, zu wichtig. Dafür muss unser Kennenlernen noch weitergehen. Hoffentlich verstehen Sie das. Dass ich Ihnen das alles jetzt so sage, bedeutet schon, dass ich Ihnen wirklich vertraue..."

Was sie hiermit aussprach, berührte ihn zutiefst...

„Ja, Saskia, du hast völlig Recht. Tut mir leid. Wenn man selbst so viel empfindet, kann einen dies völlig blind für das machen, wo der andere Mensch steht."

Sie drehte ihr leeres Glas ein wenig.

„Kann ich Sie noch um etwas anderes bitten?"

„Aber natürlich!"

„Es wird ... für mich zu schwer, wenn Sie ... davon sprechen, dass Sie für mich so viel empfinden. Ich weiß es zwar und merke es auch, aber wenn Sie es *sagen*, dann..." Sie sprach den Satz nicht zu Ende. „Ich wünschte, Sie würden es nicht sagen..."

Eine heiße Woge der Scham durchfuhr ihn. Unwillkürlich musste er wieder an die Worte seiner Frau denken. Zugleich fühlte er auch einen Schmerz, seine Zuneigung gar nicht mehr aussprechen zu dürfen. Aber er verstand das Mädchen unmittelbar.

„Ja, es tut mir sehr leid..."

„Mir tut es auch leid. Ich weiß, dass Sie mehr empfinden, als ich erwidern kann. Und das muss für Sie auch schwer sein. Deswegen tut es mir wirklich leid, wenn Sie das nun auch nicht mehr sagen dürfen, das heißt, wenn ich Sie darum bitte. Aber ich fühle, dass ich nur diese zwei Möglichkeiten habe. Wenn ich fortwährend spüren würde, wieviel Sie empfinden, müsste ich unsere Bekanntschaft abbrechen; ich würde das nicht können, verstehen Sie? Bitte verstehen Sie das! Sie dürfen das empfinden, aber bitte sagen Sie es nicht! Wenn ich es sozusagen halb vergessen kann, dann kann mit Ihnen eine Freundschaft entstehen. Das glaube ich schon seit gestern... Aber es tut mir leid, dass ich das von Ihnen verlangen muss..."

Betroffen und tief berührt hatte er zugehört. Dieses wunderbare Mädchen entschuldigte sich für das, was es unangenehm fand oder nicht tragen konnte!

„Ja, Saskia, ich verstehe. Bitte – es muss dir nicht leid tun. Mir muss es leid tun. Natürlich kann ich das verstehen! Ich verstehe es so gut. Ich kann nur dankbar sein, dass du es trotzdem aushältst – für deine ganze Art kann ich dir nur danken! Ich werde mein Bestes tun – und bitte sag es mir, wann immer es mir nicht gelingt; wann immer du etwas sagen musst. Sag es, ohne zu zögern!"

„Sie sollen mich bitte auch nicht immer so loben..."

„Habe ich das getan? Ich wollte nur ausdrücken, was für ein besonderer Mensch –"

„Das meine ich gerade."

„Aber ich empfinde es so!"

„Aber das hat wieder mit Ihrer Empfindung zu tun..."

„Ja, ich verstehe. Das ist dann auch unser Thema von gestern, nicht wahr? Aber es hat nicht nur mit meiner Empfindung zu tun. Es hat auch mit der Frage zu tun, was besonders *ist* und was nicht."

„Aber Sie sehen es einfach nur so."

„Nein, ich sehe etwas, was so *ist*."

„Aber ich *bin* nicht so besonders."

„Doch. Das siehst du nur nicht."

„Niemand sieht das. Nur Sie."

Er spürte doch schmerzlich seine tiefste Zuneigung – sollte diese völlig ohne Grund sein? Nein, er wusste doch, was er sah!

„Es ist zum Verzweifeln. Ich kann doch nichts dafür, wenn die ganze übrige Welt blind ist!?"

Sie musste lachen. Ihr zweites Lachen, seit er sie kannte...

„Nein, Sie sind blind, weil Sie eine rosa Brille aufhaben."

„Das ist nicht wahr. Selbst wenn es so wäre, würde diese Brille einen eben *besser* sehen lassen als ohne!"

„Mit Ihnen kann man nicht diskutieren."

„Doch – aber ich habe eben Recht!"
Nun musste sie erst recht lachen – ihr herrliches, wunderschönes Lachen erfüllte den Raum...
„Also gut", sagte sie, „dann haben Sie eben vorläufig Recht. Sagen dürfen Sie es aber trotzdem nicht mehr."
„Du hast einen wunderschönen Humor...", sagte er, „darf ich das wenigstens sagen?"
„Nur jetzt kurz einmal", erwiderte sie. „Sie aber auch..."

*

Nach dieser Wendung des Gespräches hatten sie gemeinsam etwas gegessen und noch über verschiedene kleinere Themen gesprochen, die weniger persönlich waren.
Schließlich hatten sie sich noch einmal für den nächsten Montagabend verabredet. Wenige Tage später würde sie dann zu ihren Eltern fahren.
Als sie wieder in den Abend hinaustraten, schneite es erneut.
„Ach, ist das schön!", sagte Saskia.
„Ja."
„Wissen Sie, warum ich den Schnee so liebe?"
„Nein, sag es mir..."
„Na ja, weil er so schön ist, natürlich sowieso. Aber noch mehr liebe ich ihn, seit ich weiß, dass jede Schneeflocke unterschiedlich ist. Wie die Menschen! Können Sie sich das vorstellen? Millionen Schneeflocken – und keine wie die andere..."
Er sah sie an, wie sie gedankenverloren voller Freude in den Himmel hinaufschaute, aus dessen Dunkel die Schneesterne herabsanken. Wie ein Kind, wie ein Sterntaler... In solchen Momenten leuchtete seine Liebe zu ihr so schmerzlich auf wie ein Komet, der sein Herz durchzog.
Er dachte, dass manche Menschen noch einzigartiger waren als andere. Sagen durfte er es nicht mehr...
Sie verabschiedeten sich herzlich.

Als er allein nach Hause ging, dachte er: Was für ein Wunder, dass auf einmal so etwas wie Vertrautheit entsteht. Weißt du, warum ich dich so liebe? Weil ich vom ersten Moment an gesehen habe, wie besonders du bist.

In dieser Nacht träumte er erneut, dass sie sich küssten und noch mehr...

Als er am nächsten Morgen erwachte, war er von dem Traum erschüttert. Es war ein wunderschöner Traum gewesen, aber er hatte nichts mit der Wirklichkeit zu tun. Und doch verfolgte ihn der Traum in die Wirklichkeit hinein. Er versuchte, ihn während der Arbeit zu vergessen, aber er konnte es nicht – ebensowenig, wie er sie selbst nach der ersten Begegnung hatte vergessen können.

Auch jetzt wieder musste er sich am darauffolgenden Tag eingestehen, dass es schlimmer statt besser wurde. Zwar hatte er in der dazwischen liegenden Nacht nicht wiederum von ihr geträumt, aber seine Sehnsucht nach ihr war dennoch weiter gewachsen. Er stand vor der Tatsache, dass er sie wirklich begehrte, dass er bis in den Leib hinein die Sehnsucht nach ihr empfand.

Zum ersten Mal begriff er das Wort ‚Sehnsucht'. In seinem Leib entstand ein wirkliches Sehnen, er spürte es als ein Ziehen. Bis in den Leib hinein sehnte er sich heftig nach ihrer Gegenwart...

Die nächsten Tage verbrachte er neben der Arbeit, die er wie immer tat, nur geistesabwesend, in unzähligen Tagträumen und Gedankengängen. Immer wieder stellte er sich dieselben Fragen, gab sich denselben Vorstellungen hin, schönen Vorstellungen, die seine Sehnsucht einerseits etwas stillten, andererseits im Grunde nur noch weiter verstärkten.

Er fragte sich, ob die Vertrautheit nicht so groß werden könnte, dass sie sich ihm auch körperlich hingeben würde. Dass er ihr eine Zärtlichkeit geben könnte, die sie auch schön finden würde. Vielleicht, wenn sie sich vorstellte, er wäre jemand anders. Vielleicht mit verbundenen Augen...

Am Montag kämpfte er noch immer mit diesen Vorstellungen. Doch das nahende Wiedersehen mit ihr erfüllte ihn zugleich mit Scham. Sie hatte volles Vertrauen zu ihm! Und nun hatte seine Sehnsucht immer mehr auch das Körperliche erfasst. Wie sie ihn anzog! War es denn wirklich nicht möglich? Wenn man alle Distanz überwand, auch die des Alters, jede falsche Scham, alle Vorurteile? Sehnte sie sich denn nicht auch nach Zärtlichkeit, nach körperlicher Liebe, nach der Schönheit dieser Liebe? Könnte er ihr diese nicht schenken? Er war sich sicher – wenn sie es zulassen würde...

Zwei Stunden vor Arbeitsschluss überdachte er diese Vorstellung so klar wie möglich. Dies alles war nur denkbar, wenn auch sie ihn in irgendeiner Weise körperlich anziehend empfinden würde. Doch das tat sie mit Sicherheit nicht. Dann aber war es eine völlige Illusion, eine absolute Unmöglichkeit. Doch selbst, wenn die Möglichkeit bestünde, mit ihr einmal ins Bett zu gehen – was würde er dadurch verlieren? Was würde sie dadurch verlieren? Es würde mit Sicherheit ihre jetzige vertraute, vertraut werdende Beziehung verloren gehen, und keine andere an ihre Stelle treten. Die Beziehung würde zerbrechen, sie würde sich auflösen.

Sie würde ihn niemals körperlich lieben – und sie würde ihn seelisch nur dann lieben können, wenn er sie körperlich absolut in Ruhe ließ, frei ließ. Die Beziehung durfte nur seelisch bleiben. Seine andere Sehnsucht, sein sehnendes Begehren musste in seinem Herzen verschlossen bleiben, es durfte die Schwelle nicht überschreiten.

Mit diesen Empfindungen betrat er zum dritten Mal den Keller des ‚Robins'...
Sie lächelte ihm entgegen. Ihr Vertrauen machte sie noch viel schöner, als sie es schon war. Sie hatte kein im üblichen Sinne außergewöhnlich schönes Gesicht – aber in seinen Augen.
Mit gemischten, heftigen Gefühlen setzte er sich nach einer herzlichen Begrüßung, in der er ihre Hand in der seinen fühlte, an ihren gemeinsamen Tisch.
„Jetzt treffen wir uns schon zum dritten Mal hier", sagte sie lächelnd. „Oder sollte ich sagen, erst?"
Ja, erst dreimal waren sie sich hier begegnet – und schon hatte sie ein solches Vertrauen. Wieder spürte er die Scham über sich selbst...
Blitzartig überlegte er, ob er die Möglichkeit hatte, ihr zu gestehen, wie stark seine Empfindungen geworden waren. Aber er hatte diese Möglichkeit nicht – sie hätte es absolut nicht ertragen können.

Noch immer sah sie ihn an, länger als einen gewöhnlichen Augenblick, und noch immer lag diese Offenheit in ihren Augen. Und dieser eine, lange, vertrauensvolle Blick von ihr traf ihn auf einmal so tief, dass er sein Herz bis ins Innerste erschütterte. In diesem Moment wusste er, dass er seine körperliche Sehnsucht überwinden musste und *wollte* – auch wenn er noch nicht wusste, wie. Für diesen einen Moment wurde er wie durch ein Wunder von ihr erlöst...
„Ja, erst ... und schon, Saskia. Hattest du eine gute Woche?"
„Ja. Sie auch?"
„Ja."
Es war die Wahrheit. Auch wenn er sich gerade entschieden hatte, diese Art von Schönheit zu bekämpfen...

„Was werden Sie Weihnachten machen?"

Er seufzte. Weihnachten war, je älter die Kinder geworden waren, immer mehr eine auch innerlich dunkle Zeit geworden.

„Ach – ich weiß nicht. Das ist für mich eine furchtbare Zeit, inzwischen. Alle Menschen scheinen glücklich zu sein – aber ich kenne in dieser Zeit allenfalls noch eine gespannte Ruhe. Man ist zusammen, aber kann die schlechte Stimmung fast nicht unterdrücken. Es wäre mir lieber, wenn man diese ein, zwei Wochen ganz überspringen könnte. Danach ist es immer noch schlimm genug, aber diese Zeit ... nein. Am liebsten würde ich, wenn du auch nicht da bist, einfach irgendwo ganz allein sein.“

„Das ist ja schlimm!“, erwiderte Saskia entsetzt. Nach einer kurzen Pause fügte sie hinzu: „Aber, ja ... ich hatte mir noch nie überlegt, wie es ist, wenn man Weihnachten zusammen sein muss, ohne es wirklich zu wollen...“

„Man will ja vielleicht“, sagte er. „Aber es geht notwendigerweise dennoch völlig schief.“

„Aber warum dann?“

„Weil man es will und doch nicht will. Weil man hofft, dass es doch anders verlaufen wird, als man es erwartet. Und das passiert natürlich nicht.“

„Aber dafür muss man doch selbst etwas tun!“

„Vielleicht glaubt ja schon jeder, dass er sehr viel dafür tue, zum Beispiel nicht sofort in schlechte Laune auszubrechen; sich zusammenzureißen und so weiter...“

„Aber so kann man doch nicht Weihnachten feiern! Das ist doch schlimm! Furchtbar ist das doch...“, sagte Saskia erschüttert.

„Ja“, gab er zu.

„Wenn Sie irgendwo allein sein wollen, dann fahren Sie doch einfach ein paar Tage weg“, sagte sie.

Ihr Blick, in dem Mitleid und Zuspruch lebten, und der warme Klang ihrer ermutigenden Stimme berührten ihn tief.

Ja, warum eigentlich nicht? Getragen von ihren Worten spürte er auf einmal in imaginärer Ferne eine große Freiheit... Die tiefe Berührtheit breitete sich wie ein großes Geschenk in seinem Inneren aus. Erfüllt davon antwortete er:

„Ich danke dir so sehr, Saskia. Es ist so wundervoll, wenn es einen Menschen gibt, der einem so etwas sagen kann; einfach *einen* solchen Satz, an dem man spürt, dass ein Mensch einem anderen nicht egal ist. Du weißt nicht, wie sehr mir so etwas gefehlt hat. Und wie lange schon... Ich glaube, ich wusste es bis eben selbst nicht...“

Sie schwieg bescheiden, wusste nichts darauf zu erwidern. In ihren Augen sah er nur wiederum dieses tröstliche Mitleid.

Er lächelte.

„Und was machst du zu Weihnachten, bei deinen Eltern?“

Noch einen Augenblick forschten ihre Augen in den seinen, ob es ihm wirklich gut genug gehe. Dann kehrte sie zu sich zurück und erzählte fröhlich:

„Nicht so viel Besonderes. Trotzdem ist es eine besondere Zeit. Mit schönem Essen, Gesprächen, Ausflügen, vielleicht einem Besuch bei Verwandten, gemeinsamen Spielen und so weiter.“

„Hast du noch Geschwister?“

„Nein.“

„Deine Eltern werden sich dieses Jahr sicher ganz besonders freuen, wenn du wiederkommst...“

Sie lachte.

„Ja...“

Er beneidete ihre Eltern.

Sie schaute auf ihr Glas. Dann sah sie ihm unvermittelt direkt in die Augen und fragte ihn:

„Sie glauben wahrscheinlich nicht an Gott oder so etwas?“

„Nein – warum?“

„Na ja...“, verlegen drehte sie wieder ein wenig ihr Glas. „Ich finde es trotz allem jedes Jahr wieder seltsam. Weihnachten zu erleben und eigentlich nur so ein wenig zu feiern, ohne dass es eigentlich mit dem *eigentlichen* Weihnachten zu tun hat. Ich weiß nicht..."

„Du glaubst dann also an Gott?", fragte er vorsichtig.

„Das ist es gerade: Ich weiß es selbst nicht. Ich weiß nur, dass ich es schade finde, dass wir nicht in die Kirche gehen. Dass wir auch keinen Weihnachtsbaum haben. Wir hatten mal einen, als ich im Kindergarten war. Dann hat mein Vater gesagt, ich solle nicht so aufwachsen – zu meiner Mutter hat er das gesagt. Er glaubt absolut nicht an Gott. Und deswegen wollte er auch keinen Baum einmal im Jahr, irgend so ein Symbol, das nichts bedeutet, wie er sagte. Ich habe das alles viel später von meiner Mutter erfahren. Sie glaubt ein bisschen an Gott, aber auch nicht wirklich, scheint mir. Und ich? Ich weiß es nicht. Ich weiß nur, dass ich als Kind, mit etwa acht oder neun Jahren, einmal eine Bibel im Regal gefunden und aufgeschlagen habe – und dann wochenlang darin gelesen habe. Meine Eltern haben es gewusst, aber nichts dazu gesagt. Jetzt, wo ich es erzähle, frage ich mich, ob mein Vater dafür gesorgt hat, dass auch meine Mutter nichts dazu gesagt hat. Jedenfalls war mir das, was da stand, fremd und nah zugleich. Ich wollte es irgendwie verstehen, soviel weiß ich noch. Aber es hat mir keiner geholfen... Und so bin ich dann aufgewachsen. Es hat mir auch später keiner geholfen – und ich mir selbst auch nicht. Irgendwie ist es verlorengegangen. Und doch merke ich jedes Jahr zu Weihnachten wieder, dass mir da etwas fehlt..."

Für ihn war das eine fremde Welt. Auch in seiner Familie hatte es keinen Bezug zur Religion gegeben, aber er hatte auch kein Bedürfnis danach gehabt – jedenfalls nicht, soweit er wusste. Nur die Art, wie Saskia jetzt davon sprach, berührte ihn eigentümlich; die Sehnsucht, von der sie sprach und die er in ihren Worten hörte und fühlte. Innerlich konnte er daran kaum anknüpfen, aber er wollte sie keinesfalls ins Leere erzählen lassen.

„Was würdest du dir denn wünschen?", erkundigte er sich vorsichtig.

„Bei dem, was ich eben erzählt habe?", fragte sie.

„Ja."

„Ich wünschte, ich würde *wissen*, ob es Gott gibt! Oder ich wünschte, ich könnte wirklich glauben. Oder ich wünschte, ich würde einfach Weihnachten in die Kirche gehen und dabei ein wenig glauben können!"

„Aber das kannst du doch."

„Aber ich mache es ja nicht!"

„Warum denn nicht?"

„Das weiß ich auch nicht... Es ist eben so, dass es Weihnachten nicht dazugehört, bei uns. Ich kann doch nicht einfach... Mein Vater würde es bestimmt nicht gut finden. Und ich will auch nicht, dass es zu einem Konflikt kommt – oder dass ich auf einmal viele Fragen beantworten muss...."

Hier saß er nun diesem wunderbaren Mädchen gegenüber, und sie erzählte in vollem Vertrauen Dinge, die sie nicht einmal mit ihren Eltern besprechen konnte! Intensivste Empfindungen lebten in seinem Inneren.

„Aber ... verstehen dich deine Eltern denn nicht? Würden sie nicht wollen, dass du das tust, was du wirklich willst?"

Sie warf ihm einen kurzen Blick zu, in dem eine große Dankbarkeit zu liegen schien.

„Doch, schon ... vielleicht ... ich weiß es nicht. Vielleicht liegt es ja auch nur an mir selbst, dass ich es nicht ... tue. Aber merkwürdig finden würde es mein Vater bestimmt. Und etwas dazu sagen sicher auch."

„Und davor hast du Angst?"

„Irgendwie schon, ja."

„Warum?"

„Weil ... weil er mich da nicht verstehen würde. Weil er das ablehnen würde. Auch wenn er es nicht sagt."

Er dachte nach. Er wollte ihr so gerne helfen.

„Aber wenn du es nicht tust ... dann lehnst du in dir selbst etwas ab, wonach du dich eigentlich sehnst. Du würdest ... aus Sorge um die Gedanken von Anderen nicht wirklich du selbst werden..."

„Vielleicht muss ich ja nicht unbedingt *Weihnachten* in die Kirche gehen..."

Voller Liebe sah er ihre Furcht, und voller Dankbarkeit empfand er das Geschenk, ihr hier helfen zu können.

„Saskia... Wann, wenn nicht dann? Du solltest deine Sehnsucht eigentlich vor niemandem verstecken müssen! In welch einer Welt leben wir, wo das geschehen muss? Wenn du dich nach etwas sehnst, dann habe den Mut, es vor aller Augen zu verwirklichen – egal, was jemand denkt, oder was die ganze Welt denkt! Ich lerne das auch erst gerade – und daher weiß ich so gut, wie es dir geht. Ich lerne es dreißig Jahre zu spät. Aber darum ist es mir jetzt so unglaublich deutlich, gerade bei dir, die ... mir so wenig egal ist, wie wichtig das ist, das zu tun, was man wirklich will. Das ist viel mehr als nur das eine oder andere Vorhaben. Diese Sehnsucht, das ist wirklich ein Teil von dir! Du kannst das nicht nicht tun. Du würdest etwas unterdrücken, was wirklich zu dir gehört. Ich wollte, ich könnte es noch anders ausdrücken. Aber jetzt, wo ich dir zugehört habe, sehe ich, dass es furchtbar wäre, wenn du das unterdrücken müsstest. Wenn du es nur deshalb nicht tun würdest, weil die anderen es nicht tun und weil ihre Gedanken dann dementsprechend sind. *Du* dagegen *musst* es tun – weil du du bist, verstehst du? Du bist nicht die anderen, du bist du – und du hast diese Sehnsucht. Also *folge* ihr! Folge ihr..."

Er hatte sich leidenschaftlich in dasjenige hineingeredet, was er bei ihr sah – und hatte so schließlich doch die Worte gefunden, die er gesucht hatte. Nun war er fertig. Nun sah er, wie sie ihn mit großen Augen anblickte, tief berührt, und noch immer dabei war, zu verstehen, was er soeben gesagt hatte.

„Es klingt so, als wenn dies für Sie sogar wichtiger wäre als für mich selbst...", sagte sie leise.

„Nein, Saskia!", erwiderte er. „Ich sehe nur viel deutlicher als du, dass deine Sehnsucht nicht von dir getrennt ist, dass sie wirklich ein Teil von dir ist. Du denkst vielleicht: Da habe ich nun diese Sehnsucht, aber vielleicht ist sie doch nicht so wichtig, ich will nicht, dass mein Vater das ablehnen muss und dass ich ihn verärgere, dass dadurch eine Art Trennung zustande kommt. Ja, das willst du nicht, und du hast sogar Angst davor. Aber so sehr du diese Angst fühlst, als einen Teil von dir – die Angst ist viel *weniger* ein Teil von dir als diese Sehnsucht, der du folgen musst, weil du sonst wirklich einen echten Teil von dir nicht Wirklichkeit werden lässt. Ich weiß nicht, wie ich es sonst noch erklären soll, ich bin regelrecht verzweifelt, wenn du das nicht verstehen würdest..."

„Doch, ich verstehe es!", sagte sie. „Und trotzdem wird es dadurch nicht leichter."

„Nein, leichter vielleicht nicht. Aber wenn du immer mehr *fühlst*, wie diese Sehnsucht ein Teil von dir ist, dem du folgen musst; wenn diese Sehnsucht unerträglich wird, solange du ihr nicht folgst, um herauszufinden, wohin sie dich führen will – dann wirst du eines Tages dahin kommen, dass sie stärker ist als deine Angst. Und dann wirst du den Mut haben, ihr zu folgen – und das wird richtig sein. Denn an dem Tag wirst du ganz du selbst sein! Dir selbst wirst du an diesem Tag folgen, nicht dem, was Andere denken oder denken könnten. Ganz *dir selbst*..."

Nun schien sie wirklich verstanden zu haben. Und zutiefst berührt fragte sie:

„Warum tun Sie das für mich..."

Er erwiderte ihren Blick mit einem reinen Schweigen. Er tauchte in das klare Braun ihrer Augen ein und erlebte, wie in seinem Blick zugleich die ganze Antwort lebte und zugleich fast alles schwieg, außer einer reinen, selbstlosen Liebe. Als dieser eine lange Augenblick vorbei war, fand er sich selbst wiederum auch mit anderen Empfindungen vor, aber er hatte etwas erlebt, was ihm eine ganz neue Ahnung schenkte...

Das Schweigen setzte sich fort. Er selbst wollte diesen heiligen Moment nicht durch etwas anderes unterbrechen, und sie stand ebenfalls noch immer unter dem tiefen Eindruck alles soeben Erlebten.

„Man kann jetzt eigentlich gar nichts anderes sagen...", erklärte sie schließlich und lächelte verlegen.

„Das müssen wir auch nicht..."

„Irgendwann müssen wir das schon", widersprach sie. „Aber ich habe mich schon manchmal gefragt, wie das eigentlich geht – oder warum man das eigentlich nicht kann, von etwas so Wichtigem wieder zu etwas anderem zu kommen, ohne dass man dieses Wichtige sofort wieder verliert."

Er hörte ihr schweigend zu...

„Manchmal, wenn ich mit Freunden, also Freundinnen, ins Kino gegangen bin ... und man kommt dann wieder raus, und der Film war sehr berührend – und sie fangen alle sofort an, darüber zu sprechen... Ich habe das nie verstanden. Ich habe noch ganz in dem Film gelebt, wollte ihn nur in meinem Inneren nachklingen lassen – und die Anderen sprechen schon darüber. Und nach wenigen Minuten sind sie schon bei ganz anderen Themen; der Film war eigentlich schon wieder vergessen. Noch nicht ganz im Gefühl vielleicht, aber in der Unterhaltung schon längst! Und ich war noch immer ganz bei dem Film, und mir tat es so weh, wie schnell die Anderen das fallen ließen, dieses Erleben – das sie vielleicht auch gar nicht hatten. Aber ich erlebe das, was ich in so einem Film sehe, oft sehr stark, ich erlebe es einfach mit, verstehen Sie? Und es ist doch, wie wenn man es wegwerfen würde, wenn man es danach sofort wieder vergisst und über andere Dinge redet! Wozu geht man dann überhaupt in einen Film? Aber ... verstehen Sie mich? Kennen Sie das auch?"

Er fühlte eine überströmende Zuneigung, wenn er ihr so zuhören durfte – und immer wieder ein unsägliches, staunendes
Glück, wenn sie eine solche Frage stellte. Wie hatte er *ihre*
Zuneigung oder ihr Vertrauen, das in diesen Worten lag, nur
verdient?

„Ja ... ich glaube schon. Filme habe ich mir im Kino in den
letzten Jahren fast überhaupt nicht angesehen. Und im Fernsehen ist es schon sehr anders. Aber, ja, auch ich habe immer
wieder ein ähnliches Gefühl gehabt, wenn die Anderen immer viel mehr und viel schneller geredet haben als ich.“
In stillem Einverständnis sah sie ihn kurz an und drehte dann
nachdenklich ihr Glas. Schließlich sagte sie langsam:
„Und das ist es, was ich meinte... Wie kommt man überhaupt
von etwas, was man so tief erlebt hat, wieder zu einem Gemeinsamen? Zu einem Gespräch? Wie kommt man dann wieder dazu, ohne dass man das zuvor Erlebte zerredet, kaputtre-
det oder aber ganz vergisst? Wie kommt man sozusagen von
einer Tiefe zur anderen, ohne dass die andere genauso tief
sein muss wie die erste – aber die erste darf auch nicht verlorengehen...“
„Vielleicht“, erwiderte er vorsichtig, „geht das überhaupt nur,
wenn man nach dem Ende dieses Tiefen so behutsam nach
dem ersten Anfang des dann Folgenden tastet, wie du es eben
versucht hast. Deine letzten Worte haben es geradezu wunderbar umfasst, fast poetisch... So müsste man miteinander
sprechen können. Dann würde man die Tiefe niemals verlieren. Aber dafür muss man dieses Vorsichtige wirklich wollen
– man muss es fühlen...“
„Ja, genau!“, sagte sie warm. „Das haben Sie auch wunderbar
gesagt.“

„Saskia – wollen wir etwas essen? Darf ich dich heute wieder
zum Essen einladen? Manchmal kann man das Tiefe auch dadurch ... na ja, vielleicht sollte ich wirklich sagen, heiligen,
dass man etwas anderes Besonderes folgen lässt. Auch das

muss man natürlich fühlen können. Aber für mich wäre das gemeinsame Essen mit dir jetzt wirklich etwas ganz Besonderes. Man kann etwas auch zu etwas Besonderem *machen*. Und das wäre für mich jetzt wirklich eine Art Feier des Vorherigen, sozusagen ein Festessen, eine feierliche Einladung zu einem wunderschönen gemeinsamen Essen..."

Saskia lächelte verlegen. Dann erwiderte sie leise:

„Ja, gut, gerne..."

Er erbat wieder die Speisekarten, und als sie darin lasen, sagte er:

„Und dann achte nicht auf den Preis, denn auf einige Euro mehr oder weniger kommt es nicht an, sondern nur auf das Festliche und das, was man wirklich gern hat."

„Ja, gut", lächelte sie.

Nach einiger Zeit fragte sie:

„Ist es schlimm, wenn ich trotzdem wieder das Chili con carne bestelle? Es ist nicht wegen dem Preis, es hat mir wirklich sehr geschmeckt..."

Wie hatte er die Begegnung mit diesem wunderbaren Mädchen nur verdient...

„Nein, natürlich nicht, Saskia, triff nur deine ganz eigene Wahl, auch hier..."

Verstehend lächelte sie wiederum.

Er wählte eine Forelle.

Während sie auf das Essen warteten, sagte sie wie beiläufig:

„Eigentlich tun mir die Tiere immer leid..."

Sofort wurde ihm klar, was sie meinte. Natürlich! Daran hatte er in dem Moment absolut nicht gedacht. Es lag auch nicht unmittelbar nahe – aber es war eine klare Möglichkeit gewesen. Wahrscheinlich aß sie nur vegetarisch. Eine wirkliche Liebe zu den Tieren...

„Oh je, daran habe ich nicht gedacht! Tut mir leid..."

„Es ist nicht so schlimm..."

Er hatte an ihren beiden Sätzen genug gehört, um zu spüren, wie es ihr damit wirklich ging.

„Ich werde die Bestellung noch ändern."

„Nein, nein, das brauchen Sie doch nicht –"

„Doch, doch, keine Sorge."

Er stand auf und ging nach oben, um die Bestellung zu korrigieren.

Als er wieder bei ihr saß, sagte sie:

„Aber der Fisch war doch jetzt sowieso schon tot – ich meine, sie haben doch sicher auch schon angefangen, und vielleicht werfen sie es jetzt einfach weg."

„Das mag sein, aber nun musst du es zumindest nicht sehen; wie ich Fisch esse, meine ich."

„Aber mussten Sie die Bestellung nicht trotzdem bezahlen?"

„Das wusste er noch nicht, aber das lass nur meine Sorge sein. Es war mein Fehler..."

„Aber –"

„Nein, Saskia, wirklich. Du hast wenig Geld, ich habe zumindest genug, auch dafür. Wir sehen uns jetzt erst das dritte Mal. Und diese wenigen Begegnungen sind mir so kostbar, dass dies gar kein Vergleich ist zu dem, was wir hier bezahlen – also ich –, wenn wir hier gemeinsam essen."

„Na gut, wenn Sie das sagen..."

„Ja", lächelte er.

Als die Bedienung dann kam, brachte sie zweimal das vegetarische Chili con carne.

„Sie haben jetzt dasselbe bestellt!", sagte sie strahlend.

„Ja – auch mir hat es gut geschmeckt."

„Das ist doch viel schöner als eine Forelle!", sagte sie.

„Ja, das ist mir jetzt auch klar. Lass es dir schmecken, Saskia!"

„Vielen Dank – Sie es sich auch!"

Während des Essens schwiegen sie lange. Ab und zu begegneten sich ihre Blicke und vergewisserten sich, dass das Schweigen gut war...

Nach einiger Zeit sagte Saskia verlegen:

„Manchmal weiß ich nichts zu sagen..."

„Das macht nichts", erwiderte er. „Auch das gemeinsame Schweigen mit dir ist schön."

„Finden Sie es dann nicht langweilig?"

„Nein. Solange es dir nicht so geht, ist das für mich unmöglich. Ich sage es dir noch *einmal*, weil ich es eigentlich nicht darf, aber dann darfst du es auch nicht mehr vergessen: Für mich reicht schon deine bloße Anwesenheit, um es schön zu finden. Deine letzte Frage kann ich höchstens selbst haben, also die Sorge, wie es *dir* geht. Und wenn es dir auch gut geht, bin ich wunschlos glücklich, aber in einem wirklich tiefen Sinne..."

„Trotzdem denkt man immer, man müsste etwas sagen. Es ist eigentlich merkwürdig..."

„Ja, vielleicht ist das auch mit ein Grund, warum deine Freundinnen viel schneller wieder anfangen zu sprechen als du, nach einem Film."

„Ja, vielleicht... Obwohl ich glaube, dass die eigentliche Sorge, ob man zu wenig sagt, nur die von Natur aus schweigsameren Menschen haben."

„Das ist möglich. Die anderen kommen gar nicht dazu, sich Sorgen zu machen. Sie reden schon vorher..."

Sie musste lachen.

„Ja, wahrscheinlich!"

Nach dem Essen, als sie noch etwas zu trinken bestellt hatten, sagte Saskia:

„Beim Essen wollte ich nicht nebenbei darüber sprechen, aber jetzt könnte ich, wenn Sie wollen ... über, na ja über das Thema von gestern sprechen. Meinen Freund, den ich noch nicht habe..."

Bestürzt realisierte er, was sie sagte.

„Aber Saskia, das brauchst du wirklich nicht!"

„Ja, aber ich will es – wenn Sie ... wenn Sie gut genug zuhören, ich meine, tut mir leid, das wollte ich nicht sagen. Ich wollte sagen: Wenn Sie ... wenn Sie wirklich wissen, wie wichtig mir das ist. Verstehen Sie, was ich meine?"

Erschüttert sagte er:

„Ich verstehe absolut, was du meinst. Und selbstverständlich würde ich mit ganzem Herzen zuhören. Aber wie ist es möglich, dass du auf einmal darüber sprechen möchtest. Letztes Mal war es doch noch –"

„Ja, aber es tat mir doch leid, das letzte Woche so zu Ihnen sagen zu müssen. Aber vor allem ist es heute wieder ganz anders. Worüber wir vorhin gesprochen haben, und vor allem was Sie gesagt haben... Sie sind wirklich ein besonderer Mensch. Ich vertraue Ihnen wirklich. Es ist mir dann auch nicht wichtig, was Sie ... empfinden – ich merke das nicht. Heute war es ganz anders als bei den ersten beiden Malen. Ich habe Ihnen auch vorher schon vertraut. Aber heute ist es besonders. Das war es die ersten beiden Male auch. Aber hoffentlich verstehen Sie, was ich meine..."

Tief berührt stand er vor diesem Bekenntnis. Wie war das möglich, wo er doch selbst wusste, wie er heute hierhergekommen war? Aber er fühlte selbst, dass im unmittelbaren Zusammensein mit ihr seine Empfindungen reiner, seelischer waren als dann, wenn er sich jenen anderen Vorstellungen hingab. Sie selbst machte seine Empfindungen reiner...

„Ja, ich verstehe, was du meinst, Saskia. Ich kann dir nur sagen, dass ich mich mit aller Kraft bemühen will, deinem Vertrauen gerecht zu werden und würdig zu sein – auch dann, wenn du das Tiefste erzählen wirst. Und wenn du mir so vertraust, kann ich nur sagen: Ein größeres Geschenk gibt es ja gar nicht. Ich schenke dir also alles, was ich habe, an Aufmerksamkeit, an Verständnis, an Zuhören und an allem, was du brauchen könntest..."

Dankbar und verlegen lächelte sie ihm zu.

Wieder drehte sie ihr Glas etwas. Und während er auch diese Geste als eine leise Gewohnheit von ihr kennenlernte, hatte er längst begonnen, auch diese zu lieben...

„Also, eigentlich kann ich ja gar nicht so viel sagen", begann sie.

In tiefer Zuneigung hörte er ihr zu.

„Eigentlich wissen Sie ja schon alles", fuhr sie verlegen fort. „Dass ich mich nach einem Freund sehne und dass ich es schwer finde, einen zu finden, weil ich – na ja, weil ich selbst eben zu schweigsam und ... zurückhaltend bin. Und wenn mich ein Junge ansprechen würde, der mir gefällt, würde ich wahrscheinlich erst recht alles vermasseln."

Sie sah ihn hilfesuchend an. Sie suchte vor allem ... Verständnis.

„Also *ist* das eigentlich deine größte Sehnsucht, nicht wahr?"

„Ja..."

„Nun, wenn du willst, kann ich dazu etwas sagen."

„Ja."

Ihre Augen ruhten in den seinen. Welch ein Vertrauensgeschenk...

„Es sind zwei Möglichkeiten, Saskia. Entweder du findest einen Jungen, der dir gefällt, oder ein Junge, dem du gefällst, findet dich."

„Mit ,gefallen' meinen Sie alles, nicht wahr?"

„Ja, alles, so tief, wie du es auch meinst."

„Ja, gut."

„Sieh mal, schon zu dem ersten Fall, nein, eigentlich ist es der zweite Fall, sehe ich das ganz anders. Natürlich scheint es schwer zu sein, einen Jungen zu finden, der einen selbst findet, wenn man schweigsam und zurückhaltend ist. Aber es gibt genügend Jungen, die gerade solche Mädchen lieben. Vielleicht sind sie seltener als die anderen – aber auch die schweigsamen Mädchen sind ja vielleicht seltener... Das ist also kein Hindernis. Natürlich dauert Gefunden-zu-Werden oft länger, als selbst zu suchen und zu finden. Aber ich glaube sicher, dass du jetzt, wo du ein Studium beginnst, so vielen neuen Menschen begegnen wirst, dass dich bestimmt einige Jungen finden und fragen werden... Und das große Glück wird dann derjenige haben, dessen Frage du mit Freuden erwidern wirst..."

Nun hörte sie zu, zweifelnd, aber mit großer Sehnsucht...

„Die andere Möglichkeit ist, dass du selbst einen Jungen findest, den du sehr gern kennenlernen würdest. Und da fehlt dir dann der Mut, nicht wahr?"

Sie nickte.

„Ja..."

„Es ist dann so ähnlich wie mit Weihnachten. Auch hier musst du dann deine Sehnsucht so stark machen, dass du sie fühlen kannst. Oder, natürlich ist sie schon stark, aber fühlen musst du sie trotzdem. Nicht nur von dem Jungen träumen, sondern deine Sehnsucht wirklich fühlen. Und dann mit dieser Sehnsucht den Mut, den du in dir finden kannst, zusammenbringen, indem du dir sagst: Dies ist der Junge, den ich unbedingt kennenlernen will. Wenn ich das nicht versuche, wird mir für immer etwas verlorengehen. Ich muss meiner Sehnsucht folgen – egal, was Andere von mir denken. Sogar egal, ob es schief geht oder nicht. *Ich* muss es versuchen. Was ich vermag, das muss ich am Ende versucht haben. Mein Mut muss groß genug sein, um meiner Sehnsucht zu folgen. Und er *ist* groß genug. Ich gehe zu ihm hin, und ich spreche mit ihm..."

Sie hatte mit großen Augen zugehört.

„Das klingt so schön! Wenn das so einfach wäre..."

„Du kannst es, Saskia! Wirklich!"

„Aber ich kann ihm doch nicht sofort sagen, wieviel er mir bedeutet."

„Aber du kannst ihn doch kennenlernen. Du kannst mit ihm jedes beliebige Gespräch anfangen – was du möchtest. Im Studium oder unter Studenten ergeben sich doch genügend Möglichkeiten. Und so sprichst du dann auf einmal mit ihm und kannst sehen, wie er auf dich reagiert, ob du ihm sympathisch bist und so weiter."

„Ja, das schon! Aber wenn ich es nicht bin? Oder wenn er mit mir nur ganz normal redet, wie mit jedem anderen?"

„Nun, er könnte seine besondere Sympathie auch verdecken wollen, weil er selbst auch verlegen ist. Oder aber er erlebt noch nicht von Anfang an, was für ein wunderbares Mädchen du bist!"

„Das bin ich aber doch auch nicht."

„Doch, aber es sehen vielleicht nicht alle. Das ist dann ein Problem. Wenn es die Richtigen nicht sehen."

„Und dann?"

„Dann kannst du diesem Jungen nach einiger Zeit oder auch nach kurzer Zeit deutlich sagen, dass du ihn sehr gern hast."

„Aber das geht doch nicht!"

„Warum nicht?"

„Wenn er gar nicht dasselbe empfindet?"

„Vielleicht fängt er an, es zu empfinden..."

„Und wenn nicht?"

„Es kommt darauf an, wie sich dieses ‚wenn nicht' äußert. Du könntest ihm immer wieder deine Zuneigung zeigen, wenn er dich nicht gerade abweist. Man fängt nicht immer gleichzeitig an, etwas füreinander zu empfinden. Man kann um einen Jungen auch kämpfen. Das beeindruckt auch die Jungen!

Aber andererseits – wenn der Junge nicht sofort etwas für dich empfindet, wenn du ihm deutlich deine Zuneigung gezeigt hast, dann ist er es wahrscheinlich auch nicht wert. Du sehnst dich vielleicht nach ihm, aber er sich nach ganz anderen Mädchen. Selbst wenn er sich mit dir abgibt, wird er doch irgendwann mit dir Schluss machen. Er ist es also wirklich nicht wert. Verstehst du? Darauf musst du wirklich auch achten.

Natürlich, wenn man sich verliebt hat, denkt man so nicht. Aber was unmöglich ist, ist unmöglich, egal wie sehr man einseitig verliebt ist. Ich kann dir nicht wirklich sagen, wie man ein Verliebtsein beenden könnte. Das ist ja gerade das Schöne, dass man es nicht wirklich beeinflussen kann. Aber ich kann dir sagen, wie man Mut entwickeln kann – und das habe ich eben versucht."

„Vielen Dank", sagte Saskia. „Wirklich ... es klingt alles so schön und auch nicht so schwer – aber in Wirklichkeit ist es doch sehr schwer."

„Ja, schon, aber du wirst auch merken, dass dein Mut langsam wächst, wenn du es wirklich so versuchst. Der erste Schritt ist, die eigene Sehnsucht so stark zu fühlen, dass man nicht anders kann, als irgendwann loszugehen und nicht mehr umzukehren..."

„Woher wissen Sie das alles?"

„Irgendwann weiß man das. Ich habe es glaube ich ziemlich genauso gemacht."

„Mit ihrer Frau?"

„Ja, vielleicht, damals. Aber ich meinte, als ich dich kennenlernen wollte."

„Aber warum helfen Sie mir nun, einen Freund zu finden?"

Er überlegte, welche Worte er finden könnte. Schließlich stellte er als Antwort eine Gegenfrage:

„Warum vertraust du mir so?"

„Ich kann es nicht beschreiben. Was meinen Sie?"

„Würdest du mir vertrauen, wenn du spüren würdest, dass ich dich allein für mich haben wollte?"

Nach einer kurzen Pause sagte sie:

„Ja, ich verstehe..."

„Der Teil in mir, der das vielleicht will, den muss ich völlig verleugnen. Ich erlebe ja, dass ich dein Vertrauen nur verdiene und dass du es mir nur dann schenkst, wenn ich dich ganz und gar freilasse und dir nur das schenke, was wirklich für dich ein Geschenk sein kann. Und wenn ich dies kann, dann kannst auch du mir dein Vertrauen schenken – und das ist das allergrößte und schönste Geschenk, was möglich ist. Je mehr man dem Anderen schenken kann, desto größer ... die Liebe, ist es nicht so?

Weißt du, dein ganzes Vertrauen, das du nun hast, ist mir so unendlich kostbar, dass ich gar nicht anders kann, als dir wirklich alles zurückzugeben, was ich vermag. Ich wollte das von Anfang an. Ich weiß nicht, wie ich es erklären soll. Ich kann nicht ein einziges bisschen Freundschaft oder Vertrauen von dir festhalten, wenn du es mir nicht selbst schenken willst. Und der einzige Weg für mich ist, dieser Freundschaft und dieses Vertrauens wirklich würdig zu sein. Und das versuche ich...

Ich denke jetzt nicht daran, was passiert, wenn du einmal einen Freund gefunden haben wirst. Vielleicht werde ich nach und nach wieder unwichtig für dich. Aber dass ich einmal wichtig für dich *war*, das ist schon mehr, als ich habe hoffen können. Und das wird auch dann noch eine Sonne für mich sein, wenn wir vielleicht einmal nicht mehr so wie jetzt beieinander sitzen werden."

Sie war verlegen.

„Ich habe Vertrauen zu Ihnen, weil Sie offen und ehrlich und immer mehr wie ein väterlicher Freund sind. Ich weiß, dass Sie mehr als das empfinden – aber ich spüre es nicht. Ich hoffe nicht, dass Sie wieder unwichtig für mich werden. Ich hoffe, dass diese *Tiefe* erhalten bleibt."

„Siehst du, Saskia, und mir reicht deine bloße Gegenwart, um ein großes Glück zu empfinden. Und weil ich es gar nicht hoffen darf, dass du mir diese Gegenwart schenkst, kann ich auch gar nichts verlangen. Ich muss sozusagen lernen, ohne jedes Verlangen auf diejenigen Momente zu warten, in denen du mir diese Gegenwart schenken willst. Dadurch wird dann meine ganze Zuneigung selbstlos – und wird so echte Freundschaft, wie du sie empfindest."

„Ist das für Sie sehr schmerzhaft?", fragte sie vorsichtig.

„Der Schmerz des Wartens und des Verzichts kann auch süß sein...", sagte er lächelnd.

*

Als sie später schließlich das kleine Stück der Straße hinuntergegangen waren, sagte Saskia:

„Also dann wünsche ich Ihnen eine schöne Weihnachtszeit. Ich hoffe, Sie können an einem Ort sein, wo Sie sich wohlfühlen werden."

„Danke, Saskia. Auch dir wünsche ich eine schöne Weihnachtszeit. Ich hoffe, du wirst auch zu dem Ort finden, zu dem es dich hinzieht. Folge mit Mut deiner Sehnsucht!"

Dankbar sah sie ihn an und sagte:

„Danke für alles! Bis zum nächsten Jahr..."

„Ich danke dir für alles. Alles Gute."

Er hatte die Hand, die sie ihm gereicht hatte, mit beiden Händen gefasst. Wie schwer war es, sie wieder loszulassen. Und sie für drei Wochen nicht wiederzusehen...

Wieder sah er ihr nach, bis sie sich das erste Mal umdrehte und noch einmal verlegen winkte. Er erwiderte ihren Gruß und zwang sich dann, ebenfalls zu gehen, damit sie sich nicht allzu lange beobachtet fühlte. Und das Fortgehen war noch viel schmerzlicher als das Gehenlassen.

Seine Beine folgten, einmal in Bewegung, der Vernunft. Doch sein Herz wäre am liebsten sofort umgekehrt und für immer bei ihr geblieben...

*

Während er nach Hause ging, bildete sich sein sicherer Entschluss: Er würde zwei Wochen Urlaub nehmen und wegfahren, am liebsten auf eine Insel. Ganz einsam am Meer.

Als er dies seiner Familie verkündete, machte er sich auf ein größeres Gewitter gefasst, aber die Reaktion seiner Frau hielt sich erstaunlich in Grenzen. Natürlich war sie sich sicher, dass er mit Saskia fahren würde, und sie verwendete für sie erneut eine Bezeichnung, die ihn bis ins Innerste traf. Doch als er scharf erwidert hatte, dass er völlig allein fahren würde, gab es nur noch ein kleines Nachtreten seiner Frau. Wahrscheinlich war ihr unmittelbar die völlige Unlogik ihrer Aussagen klar. Er ließ hier niemanden ‚im Stich'. Sie und seine Kinder waren völlig frei, aus der Weihnachtszeit das zu machen, was sie daraus machen wollten. Er tat dasselbe – und er brauchte unbedingt diese Ruhe für sich.

Ja, er meinte sogar, für einen Moment in den Augen seines Sohnes etwas wie Anerkennung gelesen zu haben. Dieser sagte kein Wort zu der ganzen Sache, sondern nahm die Entscheidung nur zur Kenntnis und konnte offenbar ganz gut damit leben. Für seine Tochter galt Ähnliches. Sie würde sich ohnehin am liebsten mit Freundinnen treffen und jedenfalls froh sein, den vielfältigen Streit zwischen ihm und seiner Frau, der vor allem aus ihren Bemerkungen bestand, einmal nicht ertragen zu müssen. Es tat ihm leid, dass sie keine andere Wirklichkeit mehr kannte.

Als er in der Fähre saß und auf die recht bewegte See hinausblickte, dachte er daran, dass Saskia am gleichen Tag zu ihren Eltern gefahren war. ‚Nun sind wir zur gleichen Zeit unterwegs, jeder zu seinem Ziel. Sie hat mir geholfen, meinen Gedanken wahrzumachen, und vielleicht wird sie an dem Ort, an dem sie jetzt vielleicht schon angekommen ist, ebenfalls ihre Sehnsucht wahrmachen.'

In seinem Koffer hatte er einen Stapel von Büchern. Als er im Internet nach dem Gesamtwerk Rudolf Steiners gesucht hatte, hatte er mit Verwunderung festgestellt, dass dieser weit über zwanzig Vortragszyklen über Christus und das Christentum gehalten hatte. In einem spontanen Entschluss hatte er viele davon bestellt, und die meisten waren tatsächlich noch vor seiner Abreise angekommen. Er hatte es eigentlich für Saskia getan. Er hatte ihre Sehnsucht und ihre Frage nach dem Glauben an Gott erlebt, und nun fragte er sich, ob das, was er in diesen Büchern finden würde, dabei irgendwie hilfreich wäre. Erst in zweiter Linie fragte er sich, ob dies auch für ihn selbst irgendeine Bedeutung haben würde.

In jedem Fall hatten ihn bereits die Titel dieser Zyklen eigenartig berührt. Schon an den beiden zuvor angefangenen Büchern war ihm klar geworden, dass dieser Mann irgendwie wusste, wovon er sprach. Den rechten Zugang dazu hatte er noch nicht gefunden. Es war irgendwie zu viel auf einmal, was für ihn neu war. Und doch begann er, zu ahnen, was es mit der Realität der Seele auf sich hatte, denn er erlebte ja auf einmal selbst so viel – und verstand auf einmal so Vieles von dem, was er schon vorher erlebt hatte. Dazu hatten ihn einige Sätze aus diesen beiden Büchern so erschüttert, dass er für Momente meinte, unmittelbar von einer Wirklichkeit berührt zu werden. Auch hatten diese ihm letztlich geholfen, den notwendigen Mut zu finden, jenes Mädchen kennenzulernen, das ihm jetzt so viel bedeutete. Und, ja, je mehr er darüber nachdachte, war es der ganze Inhalt dieser Bücher, der einem eine ganz neue Vorstellung vom Menschen gab – und so auch von der Begegnung zwischen Menschen. Die heftige Anziehung, die er zu Saskia empfand, war das Eine. Das Andere aber war das, was Steiner ‚Seele' und ‚Geist' nannte. Er erlebte dieses Andere natürlich auch. Aber jene Bücher halfen einem gerade, sich dessen noch viel klarer bewusst zu werden. Man lernte eigentlich erst dadurch, wirklich klar zu unterscheiden, viel klarer als jemals zuvor.

Und nun hatte dieser Mann also auch über Christus, die Evangelien und so weiter gesprochen. Für ihn würde das die Probe aufs Exempel werden, was er von ihm halten sollte.

Vom Buddhismus hatte er einen Eindruck bekommen, der ihn sehr berührt hatte. Es war deutlich, dass die Lehren des Buddha mit einer inneren Entwicklung zu tun hatten. Das Ziel dieser Entwicklung – die Befreiung von der Wiederverkörperung – war ihm viel zu weitgehend. Aber die Schritte auf diesem Weg waren doch bedeutsam. Und in dem Buch Steiners über die höhere Erkenntnis fand er einige Ähnlichkeiten. Das Christentum wiederum hatte in seinen Lehren ja auch Ähnlichkeiten mit den buddhistischen Idealen. Aber dieses hatte ihn bis jetzt nie angezogen. Für ihn hatte das Christentum vor allem mit Scheinheiligkeit, Traditionen und Dogmen zu tun. Mit vergeblichen Versuchen, etwas von dem wahrzumachen, was sein Gründer vielleicht gelehrt hatte. Da schien ihm der Buddhismus viel realer zu sein. Aber nun hatte Steiner über das Christentum gesprochen, und er spürte, wie gespannt er war, zu lesen, was...

*

Als er in seinem kleinen Appartement angekommen war, freute er sich fast wegen dessen Schlichtheit. Es gab ein einfaches Schlafzimmer mit Arbeitstisch am Fenster und eine winzige Küche. Das war neben dem ebenso kleinen Badezimmerchen eigentlich schon alles. Er hatte dies beim Buchen schon gewusst, aber sich keine Vorstellung von der wirklichen Schlichtheit gemacht. ‚Klein' konnte doch recht Verschiedenes heißen – hier bedeutete es wirklich ‚klein'. Das Fenster ging auf einen Vorgarten hinaus, hinter dem man die Straße sah, die zum nächsten Ort führte, in dem man dann auch einkaufen konnte. Hinter der Straße sah man bereits die Vordünen, durch die es dann zum Strand ging.

Sobald er seinen Koffer ausgepackt und sich nochmals extra dicke Kleidung angezogen hatte, ging er zu einer ersten kleinen Wanderung am Meer hinaus.
Der Wind blies ihm heftig ins Gesicht, als er vor die Tür trat, und tat dies noch stärker, als er sich den Dünen näherte und schließlich den Strand erreichte.
Das Meer! Wie lange hatte er es nicht mehr gesehen! Das Geräusch der immer wiederkehrenden Wellen hatte er schon als Kind geliebt. Das Rauschen des Meeres, der Wind, der heftig an seinem dicken Wintermantel riss, und er stand hier, allein. Ein wunderbares Gefühl von Freiheit erfasste ihn. Tief zog er den Atem ein, schloss dabei die Augen und atmete wieder aus.
Er ging bis an das Ufer und wandte sich nach rechts, um so lange zu laufen, wie er wollte. Freiheit und Einsamkeit – inmitten von Meeresrauschen, Wind und Möwen, die der widrigen Witterung standhielten. Ab und zu andere Menschen in der Ferne, einzeln oder zu zweit, die manchmal näherkamen, bis man aneinander vorüberging und wieder für lange Zeit allein war.

Er war nicht wirklich einsam. Während er so am Meer entlangging und seine Augen zwischen dem Meer, der Strandlinie und den Dünen, den Möwen und dem Spülsaum mit seinen Muscheln und Algen schweifen ließ, waren seine Gedanken längst bei Saskia und holten seine Vorstellungen sie zu sich.

Er wollte in diesen Tagen sowohl an sie denken als auch über sein Verhältnis zu ihr nachdenken. War ‚Verhältnis' an sich nicht schon ein merkwürdiges Wort? Wie sehr hatte man dieses Wort gequält, indem es oft die Bedeutung von etwas bekam, das verschwiegen werden musste und über das man sich gerade den Mund zerriss. Etwas Falsches, Verwerfliches, Verurteilenswertes. Hatte nicht Christus davon gesprochen, dass niemand den ersten Stein werfen dürfe?

Bedeutete ‚Verhältnis' zunächst nicht nur, dass man zu einem anderen Menschen eben ein bestimmtes Verhältnis hatte? Ein Verhalten und dadurch ein Verhältnis? Konnte, wenn man einen anderen Menschen wirklich liebte, das Verhältnis zu ihm, was dadurch entstand, jemals schlecht oder falsch sein? Aber was für ein Verhältnis entstand dann?

Er dachte an Saskia und wünschte sie sich her. In seiner Vorstellung ging sie neben ihm, Hand in Hand neben ihm... Wieder war das Verhältnis in seiner Vorstellung ein anderes als das in der Wirklichkeit. In der Vorstellung konnte sie jetzt stehenbleiben und ihn küssen...

Er dachte daran, dass sie ihm vertraute. Und er fragte sich, ob er ihr Vertrauen missbrauchte, wenn er sich dies vorstellte. Er versuchte, zu fühlen, ob es so war. Er konnte nicht wirklich zu einem Erleben einer solchen Schuld kommen. Wusste sie nicht sogar, wieviel er für sie empfand? Ließ sie es nicht zu? Ja, war es nicht sogar irgendwie zumindest denkbar, dass sie ihn eines Tages so küssen würde, könnte? Aber selbst wenn nicht – durfte er nicht davon träumen? Den Unterschied der Jahre wegwünschen? Sich vorstellen, dass dies keinerlei Rolle spielen würde?

Hand in Hand ging er mit ihr und konnte zu keiner Antwort kommen...

Als er schließlich umkehrte, blies ihm der Wind ins Gesicht. Er zwang sich, die andere Seite zu bedenken. Er schloss alle

Urteile der Welt aus und dachte nur an sich und Saskia. Wie ging es ihr selbst? Was fühlte *sie*? Und was wollte sie?

Und nun stiegen in ihm die Erinnerungen an ihre Begegnungen auf, ihr wachsendes Vertrauen, ja vor allem ihr Vertrauen. Er erinnerte sich wieder an den Ausdruck ihrer Augen, in denen er dieses Vertrauen gesehen hatte. Dieses Erlebnis sprach eine ganz andere Sprache. Dieses Vertrauen hatte etwas so ... Reines, dass er es niemals enttäuschen wollen würde. Gerade das war dieses unendlich Kostbare, was sie ihm schenkte: dieses reine Vertrauen, das gleichsam selbst wie eine Sonne leuchtete. Ihre Zuneigung und Freundschaft, die dadurch wachsen konnte, waren ihm vielleicht noch kostbarer, aber waren sie denn etwas *Anderes* als dieses Vertrauen? Wuchsen sie nicht ganz und gar daraus hervor?

Sehr deutlich spürte er diese Zweiheit der Empfindungen, die er bei ihrer letzten Begegnung so deutlich erlebt hatte: die eine Sehnsucht, die bis ins Leibliche hinein eine Art Sehnsucht nach ihr war, eine wirkliche Form von Begehren, ein Durst, ein Sich-hingezogen-Fühlen. Und dann das Andere, in dem diese erste Sehnsucht auf einmal wegzufallen oder schwächer zu werden schien, weil da auf einmal eine reine Liebe war, die auf alles verzichten konnte, um dessen willen, was man so sehr liebte.

So gab es eine Liebe, die eigentlich mit einer Art von seelischen Händen nach ihr griff, nach diesem wunderbaren Mädchen, in sehnsüchtigem Begehren zu ihr hinflog und sie gleichsam an sich ziehen wollte. Und dann gab es eine Liebe, die gleichsam schweigen konnte, alles lassen konnte, auf alles verzichten konnte, wenn sie nur die reine Anwesenheit des geliebten Wesens haben dürfte – und die, wenn es sein musste, sogar auf diese verzichten konnte. Eigentlich war es *diese* Liebe, die um des geliebten Wesens willen sogar würde sterben können. Tat sie es nicht schon fortwährend?

Und dann dieses Rätsel, dieses Wunder: Dass *ihre* Liebe, ihr Vertrauen in dem Maße wuchs und entstand, in dem er die seine so gut wie möglich in der zweiten Gestalt halten konnte. Ihre Liebe wuchs in dem Maße, wie er seine begehrende Liebe sterben ließ!

Das andere Wunder war, dass einem überhaupt die bloße Anwesenheit eines Menschen das tiefste Glück sein konnte. War das nicht schon der Beginn der zweiten Liebe? Oder war das noch immer egoistisch?

Er war wieder bei seinem Ausgangspunkt angekommen und ging zurück zu seinem Appartement. Hatte sie ihn nun eigentlich auch auf seinem Rückweg begleitet? Oder war er mit ihr diesmal seelisch oder sogar geistig Hand in Hand gegangen? Er dachte in Liebe an sie und wusste nicht zu sagen, wieviel von der ersten und wieviel von der zweiten Liebe in diesem Gedanken lebte...

*

Er saß an dem kleinen Arbeitstisch und blickte aus dem Fenster. Dann betrachtete er den kleinen Stapel von Vortragszyklen. Er nahm den obersten Band, schlug ihn auf und begann zu lesen...

Gleich im ersten Vortrag war wieder von der Reinkarnation die Rede – und davon, dass diese innerhalb des Christentums einmal zurücktreten musste. Er fand jedoch den ganzen Vortrag etwas schematisch. Hier hatte er nicht das Erleben, dass der Vortragende wusste, wovon er sprach; genauso gut hätten es tradierte spirituelle Behauptungen oder so etwas sein können. Missmutig blätterte er in dem Band herum und blieb schließlich bei den Anmerkungen hängen. Dort entdeckte er zufällig die Bemerkung, dass der Text auf Mitschriften beruhte.

Er nahm sich den nächsten Band – hier war es auch so. Er schlug das Inhaltsverzeichnis auf, in dem in Stichworten die Inhalte der einzelnen Vorträge angegeben waren. Es wurde eine Fülle von Themen behandelt, scheinbar quer durcheinander. Das war aber gar nicht sein Interesse – und ganz gewiss auch nicht das von Saskia. Hatte er hier einen völligen Fehlkauf getan?

Er hörte auf, die Bände in ihrer Reihenfolge durchzugehen, und nahm sich den Band, dessen Titel ihn am meisten ansprach: ‚Christus und die menschliche Seele'. Er sah, dass es vier verschiedene Vortragsreihen waren. Er ging direkt zu der Reihe, die eigentlich diesen Titel hatte. Es waren vier Vorträge, die in Norrköping gehalten waren, das klang norwegisch. Die Vorträge waren vom Juli 1914. Er überlegte. War das nicht wenige Tage vor Ausbruch des Ersten Weltkrieges? Was für eine seltsame Zeit...

Der erste Vortrag hatte nun eine ganz andere Sprache als die beiden vorigen Bände. Hier ging es wirklich um die Beziehung zwischen Christus und der menschlichen Seele. Wieso nannte Steiner ihn eine ‚Wesenheit'? Dann ging er sogleich über auf verschiedene Glieder des Menschen. Davon hatte er in dem allerersten Buch, das er sich gekauft hatte, schon gelesen. Nun ging es aber auch um verschiedene ‚Verkörperungen' der Erde. Dies war ihm wieder viel zu suspekt, aber er zwang sich, weiterzulesen.

Steiner sprach davon, dass die Seelenentwicklung auf Erden zwei Ziele habe: den freien Willen, der wählen kann zwischen Gut und Böse, dem Schönen und Hässlichen, dem Wahren und Falschen; und die freie Erfüllung mit dem Göttlichen. Das Erste brachte Steiner dann mit dem Sündenfall in Verbindung, das Zweite mit etwas, was er ‚Mysterium von Golgatha' nannte. Er vermutete, dass dies mit der Kreuzigung zusammenhing, die Steiner direkt im Anschluss als unmittelbar bevorstehend schilderte. Er beschrieb, wie das Volk den Tod des ‚Christus Jesus' forderte. Und dann las er die Sätze:

*Erkennen hätte es sollen in dem Christus Jesus diejenige
Wesenheit, die dem Erdenleben Sinn und Bedeutung gibt.
Erkennen hätte es sollen in dem Christus Jesus diejenige
Wesenheit, die zu vollbringen hat die Tat, ohne welche die
Erdenmenschheit den Weg zum Göttlichen nicht wiederfinden
kann. Erkennen hätte es sollen, daß der Sinn des Erden-
menschen nicht da ist ohne diese Wesenheit. Ausstreichen
hätten die Menschen müssen von der Erdenentwickelung das
Wort ‚Mensch‘, wenn sie hätten ausstreichen wollen das
Christus-Ereignis.*

Später würde er noch oft diesem Moment danken, in dem er
diese Sätze las, die ihn ebenso eigentümlich berührten wie
die anderen Sätze, die er in den ersten Büchern gelesen hatte.
Und so, wie jene Sätze ihm geholfen hatten, den Mut zu
finden, Saskia kennenzulernen, so hatten diese Sätze hier ihm
wahrscheinlich Rudolf Steiner gerettet. Es waren diese Sätze,
die ihn weiterlesen ließen, immer weiter, auch über Hürden
des Unverständnisses und der inneren Abwehr hinweg. Mit
diesen Sätzen begann etwas ganz Neues, mitten in der wind-
gepeitschten Einsamkeit der Nordseeinsel.
Er las an diesem Tag bis spät in die Nacht – und hatte an diesem ersten Tag schließlich immer tiefer verstanden, dass Rudolf Steiner von einem göttlichen Wesen sprach, von einem
kosmischen Wesen. Er brauchte eine Weile, bis er mit diesem
Wort nicht mehr ‚Außerirdische‘ oder überhaupt den materi-
ellen Kosmos assoziierte, sondern etwas, was wirklich auch
die göttlich-geistige Seite mitumfasste. Für all das musste er
sich das Verständnis hart erarbeiten. Immer mehr aber wuchs
das Gefühl dafür, dass Steiner hier von etwas sprach, an dem
man nicht vorbeigehen durfte, weil es um eine *Realität* ging.

Als er am nächsten Morgen gegen elf Uhr erwachte, war er noch immer etwas müde.

Vage erinnerte er sich noch eines Traumes, den er gehabt hatte. Saskia war in einem hellen, langen Kleid auf einer Sommerwiese gewesen, fröhlich tanzend, dann war sie zu ihm gesprungen, hatte ihn geküsst und hatte weiter getanzt. Es war ganz selbstverständlich gewesen und hatte zugleich nichts von der Begierde seiner bisherigen Träume gehabt. Er empfand es wie einen symbolischen Traum. Aber was bedeutete er?

Er erinnerte sich an das gestrige Studium. Noch immer spürte er, was für eine Arbeit damit verbunden gewesen war, noch immer fühlte er die Anstrengung, die dies gekostet hatte. Wie bei einem echten Studium hatte er sich völlig neue Begriffe angeeignet. Die Seele des Menschen. Das Christus-Wesen als ein göttlich-kosmisches Wesen, ganz real. Und es gab andere, ebenso reale Wesen, die die menschliche Seele beeinflussten. Er hatte verstanden, dass diese Wesen die Seele gerade von dem Christus-Wesen und von dem Guten überhaupt abbringen wollten. Und dies war sehr konkret.

Schon im zweiten Vortrag hatte Rudolf Steiner davon gesprochen, wie zum Beispiel Ideale mit dem Christus-Wesen verbunden sein könnten oder aber mit dem anderen Wesen, das er ‚Luzifer' nannte. Dann aber quollen sie nur schön aus der Seele heraus, hatte Steiner gesagt, aber sie wurzelten nicht in der äußeren Wirklichkeit, waren auch keine solche. Wirklichkeit gewannen sie nur in Verbindung mit dem Christus-Wesen. Diese Gedanken hatten ihn sehr nachdenklich gemacht...

In einem Vortrag des vorherigen Zyklus im selben Band hatte er gelesen, dass das Böse dasjenige ist, was entsteht, wenn der Mensch sich an die Welt verliert und diese ihn zermürbt, oder aber wenn die Welt den Menschen verliert, weil er sich in Egoismus verhärtet.

*

Fragen wie diese bildeten dann das Material seiner Strand-wanderungen. Noch immer begleitete ihn Saskia dabei, aber nun in ganz anderer Art. Er trug sie in seinen Gedanken, eine innige Liebe durchströmte seine Gedanken an sie, aber sie war sozusagen nur seine sanfte Begleiterin im Hintergrund. Im Vordergrund versuchte er, mit all den neuen Gedanken klarzukommen.

Und zugleich war er sich bewusst, dass er all dies auch für sie tat. Zwar war die ganze Frage nach der Wirklichkeit des Christus-Wesens längst eine solche, die eine unmittelbare, gleichsam stündlich wachsende Bedeutung für ihn gewonnen hatte. Und doch verlor er nie das Bewusstsein, dass er mit alledem um ihretwillen begonnen hatte – um ihr vielleicht helfen zu können, einen Zugang zu Gott zu finden. Längst wusste er, dass er hier einen unendlich kostbaren Schatz ge-funden hatte – und dass er ihn ihr würde bringen können, dass sie hiermit einen unvorstellbar tiefen Zugang würde fin-den können. Fortwährend vertiefte sich dieser Zugang ja vor seinen Augen, vor seinem strebenden Bemühen... Dass er all dies *ihr* würde mitbringen können, wenn sie einander wie-dersahen, das war sein größtes Glück, übertraf bei weitem jegliche Bedeutung, die es für ihn selbst bereits hatte...

Aber er begriff auch unmittelbar, wie nicht das Wenigste von alledem auch seine Beziehung zu Saskia betraf. Immer deut-licher wurde ihm, dass dieses Christus-Wesen der Schlüssel zu allem war. Die entscheidende Frage in ihrer ganzen, er-schütternden Klarheit war: Welchen Charakter hatte seine Liebe zu ihr? Wo war sie egoistisch? Wo war sie nicht rein? Wo stand sie nicht in Verbindung mit dem Christus-Wesen, sondern dann notwendigerweise in Verbindung mit jenen beiden anderen Wesenheiten, von denen Steiner immer wieder sprach?

Während er allein mit dem Wind und dem Meer und den Möwen war, führten ihn diese Überlegungen mitten in die Frage des Egoismus hinein.

Natürlich, es war egoistisch, Saskia für sich haben zu wollen. Es wäre egoistisch, sie überhaupt ‚haben', besitzen zu wollen, irgendein Recht auf sie zu empfinden. Aber das wollte er auch gar nicht. Er hatte von Anfang an gewollt, dass sie sich frei ‚geben' würde – dass sie ihm ihre Freundschaft schenken würde, so wie er ihr die seine schenken wollte. War es schon egoistisch, dies zu wünschen? Das konnte er sich nicht vorstellen. Andererseits – wenn es sie daran hinderte, einen Freund zu finden ... aber auch das wollte er ja nicht. Er würde trauern und tiefen Schmerz erleiden, wenn sie sich dadurch von ihm abwenden würde; aber er hoffte, dass zwischen ihnen wirklich eine tiefe Freundschaft entstehen würde, die auch dann einfach eine Realität blieb, wenn sie einen Jungen als Freund fand, mit dem sie zusammenleben wollte.

Aber nahm er sie nicht vielleicht auch anderen Menschen weg, jungen Menschen ihres Alters? Nahm er Saskia vielleicht der Welt weg? Oder nahm er vielleicht Saskia selbst die Möglichkeit, sich mit der Welt zu verbinden ... indem *er* sich in ihr Leben drängte? Solche Gedanken quälten ihn bis zur Verzweiflung.

Und dann kam der Augenblick, in dem er sich zum ersten Mal innerlich an das Christus-Wesen zu wenden versuchte, um innerlich zu empfinden, was *seine* Antwort sein könnte. Da war aber keine andere Antwort als die Liebe selbst... Und diese Antwort fühlte sich an wie ein liebevolles Zurückgeben der Frage. ‚Du weißt es selbst. Lass die wirkliche Liebe in dir aufleben, und du wirst die Antwort wissen...' Anders als mit solchen Worten konnte er dieses Erleben nicht in Worte fassen. Doch konnte er dies? Was war die wirkliche Liebe zu Saskia?

Im Grunde wusste er, um welche Liebe es ging. Es war eine Liebe, die auf alles verzichten konnte, wirklich auf alles. Aber wenn er versuchte, mit *dieser* Liebe seine Frage zu beantworten, fand er trotzdem keine Antwort. Er fand zwar die Möglichkeit, die Bereitschaft, auf alles zu verzichten – aber er wusste nicht, ob er dies auch *tun* sollte oder nicht...

Er versuchte die andere Möglichkeit: Sich an Saskia selbst zu wenden. Er stellte sich innerlich vor, wie er seine Frage an sie richtete: Darf ich dich lieben...? Aber er stand vor dem unüberwindlichen Hindernis, dass er sich das geliebte Mädchen nicht ohne seine Liebe vorstellen konnte. Er wusste nicht, wie sehr seine Liebe und seine Sehnsucht die Vorstellung des Mädchens und seiner Antwort von vornherein verfälschte. Denn die Saskia, die er innerlich fragte, antwortete immer voller eigener Liebe: ‚Ja, du darfst...'

Er empfand auch, dass seine Liebe sehr rein war – aber war sie rein *genug*? Oder führte sie trotz allen guten Willens zu etwas Schlechtem? Nahm sie Saskia der Welt weg? Nahm sie Saskia die übrige Welt weg? Hielt sie Saskia von der Welt oder die übrige Welt von Saskia fern? War seine Liebe ein Hindernis? Kein Geschenk, sondern etwas Schlechtes, etwas Böses? Quälende Fragen, quälende Vorstellungen, quälende Zweifel und ausbleibende Antworten...

*

In dieser Nacht hatte er wiederum einen Traum:
Saskia hatte ein langes rotes Kleid an, wie aus weinrotem oder purpurnem Samt. Wieder war da die Sommerwiese. Aber sie war begleitet von einer Lichtgestalt. Diese führte sie von ihm fort. Sie sah sich nach ihm um, der Ausdruck ihrer Augen schien ihn zu vermissen oder ihm noch ein letztes,

bittendes Zeichen zu geben. Die Lichtgestalt aber schien, obwohl sie Saskia mit sich nahm, gleichzeitig doch ihm zugewandt zu sein und zu sprechen: ‚Wenn du auf alles verzichtest, wirst du an allem Anteil haben...'

Der Morgen von Heiligabend hatte begonnen. Das Fest der Liebe nannte man es... Ein leichter Nieselregen hüllte die ganze Insel ein. Er zog sich über den Wintermantel noch eine Regenjacke, die ihn genügend schützen würde, wenn der Regen nicht stärker wurde. Der Strand war an diesem Tag und bei diesem Wetter absolut menschenleer. Er war mit den Möwen allein.

Zu Weihnachten war nicht das Christus-Wesen in die Welt gekommen. Auch dies hatte er durch Rudolf Steiner zum ersten Mal wirklich verstanden. In der Heiligen Nacht war das Kind geboren worden. Mit diesem Kinde hatte sich dann erst bei der Jordantaufe die Christus-Wesenheit vereinigt. Menschensohn und Sohnesgott wurden eins...

Dadurch war Weihnachten wirklich das Fest der heiligen Geburt, und doch war dies nur ein Teil des großen Mysteriums, in gewisser Weise immer noch Vorbereitung. Gerade dadurch konnte von diesem Weihnachtsfest ein inniger Zauber ausgehen – und wurde das Christentum dennoch nicht auf das Kindlein reduziert, das angeblich ein Gott war, sondern das Gottesgeheimnis würde erst noch kommen. Mit der Geburt waren schon genug Wunder verbunden, aber das große, kosmisch-göttliche Geschehen, das mit der Christus-Wesenheit zu tun hatte, ereignete sich dann erst am Jordan...

Es war kaum zu beschreiben, wie sich allmählich immer mehr die Gedanken und Begriffe, das ganze Verständnis in Bezug auf alles, was mit diesen zentralen Geheimnissen des Christentums zu tun hatte, ordnete, wie es wuchs und sich gestaltete. Er hatte sich bisher nie um das Christentum gekümmert – aber er hatte es auch in keinster Weise verstanden! Das Bestürzende aber war, dass er sehr wohl die grundlegenden Vorstellungen der verschiedenen Konfessionen als Allgemeinwissen aufgenommen hatte – und dass auch in diesen Vorstellungen kein wirkliches Verständnis mehr vorhanden zu sein schien. Diese Vorstellungen hatten einfach nicht dazu beitragen können, dass er dafür je ein Interesse hätte aufbringen können – weil in ihnen wirklich nichts lag, was ein tieferes Verständnis geben konnte.

Noch hatte er nicht einmal einen nennenswerten Teil dessen gelesen, was Steiner darüber alles gesagt hatte, und doch hatte er bereits das Gefühl, dass sich Tore, ja Schleusen des Verständnisses öffneten. Jetzt erst wurde das Christentum überhaupt relevant! Aber jetzt wurde es zugleich unmittelbar existentiell... Vorher war es für sein Verständnis völlig uninteressant, weil es nur noch aus abstrakten Dogmen zu bestehen schien. Jetzt war es fast von einem Tag auf den anderen etwas, dem man gar nicht ausweichen konnte, wenn man sich selbst als Mensch ernst nahm – es sei denn, man wollte geradezu mit Gewalt abstrakt und desinteressiert bleiben...

Andererseits fühlte er in einem verborgenen Teil seiner Seele, dass er, wenn er Saskia nicht begegnet wäre, sehr wohl sehr leicht hätte abstrakt bleiben können – dass er nicht über jene Klippe gekommen wäre, die all diese Worte Steiners auf einmal so existentiell machten. Sehr leicht hätte er darüber hinweglesen und alle Bände wieder zur Seite legen können. Was war es, was es ihm eigentlich ermöglicht hatte, davon berührt zu werden?

Je länger er darüber nachdachte, desto klarer schien es ihm, dass es nur seine Liebe zu Saskia selbst gewesen sein konnte. Dass er danach gesucht hatte, ihr etwas für ihre Sehnsucht in Bezug auf einen Glauben an Gott geben zu können, war das Eine. Schon das würde er nie tun können, wenn er nicht auch selbst berührt worden wäre – auch wenn er sich das vorher nicht überlegt hatte. Aber dass er *tatsächlich* berührt wurde, dass war ganz gewiss nur zum kleineren Teil Steiner zu verdanken – denn er kannte sich gut genug, um zu wissen, dass er wahrscheinlich sogar über die Stellen, die ihn nun so tief berührt hatten, hinweggelesen hätte, wenn nicht seine Liebe zu Saskia dagewesen wäre. Auch Steiner wäre für ihn eine Episode seiner eigenen Lebensgeschichte geblieben, interessant in Bezug auf manches, aber gewiss nicht in Bezug auf die Christus-Wesenheit. Seine eigene Aufnahmebereitschaft für die Begriffe, für das Verständnis, das Steiner hier gab und gestaltete, hätte nicht ausgereicht – er wäre bequem bei dem geblieben, was er hatte und war. Es hätte ihn nicht genügend interessiert, es wäre Theorie geblieben; interessante Theorie vielleicht, aber nicht existentielle Frage und Herausforderung...

Was hatte nun seine Liebe zu Saskia daran geändert? Sie hatte ihn selbst verändert! Sie hatte sein eigenes Inneres lebendig gemacht. Dieselbe Berührung, mit der Saskia ihn so unendlich tief berührt hatte, war es gewesen, wodurch er, erst dadurch empfindsam geworden, auch von dem, was Steiner beschrieb, berührt werden konnte. – Ohne Saskia würde er auch heute noch nicht leben. Er hoffte, Saskia etwas zu schenken – aber alles, was er ihr in dieser Hinsicht würde schenken können, verdankte er in letzter Hinsicht ihr selbst. Im Grunde konnte er ihr immer nur zurückschenken, was sie ihm schenkte, von Anbeginn an...

Andererseits *hatte* ihr Wesen nun seine Liebe zu ihr entzündet, wodurch er empfindsam für jenes Verständnis geworden war, das Steiner eröffnete. Und dieses Verständnis des Christus-Wesens wiederum wirkte nun ebenfalls in ihm. Seine Liebe zu Saskia war in gewisser Weise zweigeteilt, es gab einen begehrenden Strom und einen anderen Strom, den er als rein und lichtvoll empfand. Und alles, was mit dem Verständnis dessen zu tun hatte, was durch Steiner entfaltet wurde, wirkte so, dass es den reinen Strom stärkte und den ersten Strom immer mehr läuterte.

Immer wieder fühlte er sich veranlasst, nach seiner Liebe zu Saskia zu fragen. Weihnachten war das Fest der Liebe. Doch was war seine Liebe zu ihr?

Was genau liebte er an ihr? War nicht dies die entscheidende Frage? Wovon war er angezogen? Wenn es ihr Leib war, konnte es dann jemals wirkliche Liebe sein? Aber standen nicht alle Menschen vor dem Äußerlichen des anderen Menschen? War dann überhaupt irgendeine Liebe rein? Konnte man auch nur glauben, dass eine Liebe rein sein konnte, wenn es den ‚Sündenfall‘ gab und der Mensch jenen Wesen unterlag, die Steiner die Widersachermächte nannte? Aber war nicht Christus gerade deshalb in die Welt gekommen, damit der Mensch die Kraft hätte, inmitten dieser Widersacher ein reines Gleichgewicht zu finden? Wenn aber das Gleichgewicht in der Mitte lag, musste man dann überhaupt alle leibliche Anziehung ausschalten?

Jede Frage schien eine andere hervorzurufen, und sie alle stürmten in einem scheinbar völligen Chaos auf ihn ein. Er musste sich zwingen, klarer und systematischer zu fragen und die Antworten zu suchen.

Was genau liebte er an ihr? Das war die erste Frage, ohne deren Antwort er gar nicht weiterfragen durfte. Und er musste sich gestehen, dass er auch ihren Leib liebte, ihr Äußeres; ihr Gesicht, ihre Augen, ihr Lächeln, aber auch ihren Körper, ihre Gestalt, ihre Bewegungen, ihre Gesten, deren Weichheit, ihre Anmut, die er empfand... Aber schon wieder zweifelte er, ob dies nicht schon zu etwas Anderem gehörte. Dennoch war es nicht voneinander zu trennen. Ihr Lächeln und ihre Anmut waren gerade deshalb so berührend, weil auch ihr übriger Leib eine volle Harmonie damit hatte. Begehren, Sehnsucht, Liebe – alles ging ineinander über, und wiederum verzweifelte er darüber fast...

Sie war nicht *besonders* schön, aber ihre Schönheit war besonders. Es war eine stille, unaufdringliche, bescheidene, zurückhaltende, ja sogar ein wenig abwehrende Schönheit – und gerade das hatte ihn so unaussprechlich angezogen. Und war dies nun ihr Äußeres, oder war es ihr Wesen? Er konnte nicht umhin, festzustellen, dass es wirklich beides war, beides war untrennbar miteinander vereint.

Sie *war* schön, und er hätte sich nicht in sie verliebt, wenn sie es nicht gewesen wäre. War seine Liebe damit von vornherein zur Unreinheit, zum Egoismus verdammt? Durfte man sich in Schönheit nicht verlieben? Er hätte es auch nie getan, wenn nicht ihre Seele genauso schön gewesen wäre. Hatte er nicht *dies* gerade gesehen? Waren ihre Anmut, ihre leise Unsicherheit und vielleicht noch vieles andere, was man in seiner Feinheit gar nicht in Worte fassen konnte, nicht Offenbarungen ihrer Seele?

Aber vielleicht kam es gar nicht darauf an, sich mit diesen Fragen zu quälen, sondern einfach nur darauf, ob man *nur* die äußerliche Schönheit liebte oder ob das Seelische und das Wesen des Anderen den Ausschlag gab?

Doch was liebte er dann mehr innerlich an ihr? War denn die Anmut schon ihr Wesen? Waren nicht auch andere Mädchen anmutig? Aber dann müsste er sich in diese doch auch verlieben – warum tat er es nicht?

Waren all diese Eigenschaften genau in einer bestimmten Art und in einem bestimmten Verhältnis ausgeprägt, in das er sich verlieben musste? Oder berührte ihn dies alles tief, aber verliebte er sich in das *Wesen*, das diese Eigenschaften hatte, weil sie ihm gehörten? Hatte Saskia diese Eigenschaften zufällig – oder hatte sie sie, weil es wirklich *ihre* waren?

Aber was hieß es, wenn er sich in sie nicht verliebt hätte, wenn sie weniger unsicher gewesen wäre – wobei sie diese Unsicherheit wiederum hinter einer ganz eigenen leisen Abwehr verbarg? Gehörte die Unsicherheit denn zu ihrem Wesen, oder würde man es ihr nicht wünschen, diese zu überwinden? Aber versuchte er nicht gerade, ihr dabei zu helfen? Und dennoch hatte er sich nur deshalb in sie verliebt?

Ja, über eine Sache war er sich sicher. Ohne ihre leise Unsicherheit, ohne ihre Anmut und die Weichheit ihres Wesens – selbst wenn sie diese zu überspielen versuchte –, hätte er sich nicht in sie verliebt. Aber *ohne* diese wäre sie auch nicht mehr sie gewesen. Was hieß das dann? Es hieß, dass sie, selbst wenn sie ihre Unsicherheit überwand, nicht ihre eigentliche Anmut überwinden würde. Sie würde ihr Wesen nicht verlieren.

Und doch spürte er, dass er sich ohne ihre leise Unsicherheit nicht in sie verliebt hätte. Er wäre von ihrem Wesen berührt worden, vielleicht sogar sehr, aber jene zarte Unsicherheit berührte ihn erst recht – und gab ihm auch allein die Hoffnung, sie vielleicht irgendwie erreichen, ihre Zuneigung gewinnen zu können. Sonst hätte er in Bezug darauf weder Mut noch Hoffnung gehabt. – Andererseits bedeutete dies nicht, dass er nicht ihr Wesen liebte, sondern nur, dass seine *eigene* Unsicherheit dazu führte, dass er ihre Unsicherheit gebraucht hatte, damit sich seine Liebe auch wirklich zu einer mutigen Verliebtheit entzündete...

Doch ihre leise Unsicherheit gehörte auch zu jenen Zügen ihres Wesens oder ihrer Seele, die jenen Strom des Begehrens auslöste. In ihrer Unsicherheit und zarten Anmut, in ihrer Jugend und stillen Schönheit begehrte er sie auch. Was wirkte da? Er spürte, wie die Jugend, dieses Weiche, Weibliche, eine sehr starke Anziehungskraft besaß. Dennoch war diese Kraft nicht nur leiblich, sie zog Leib und Seele gleichermaßen an. Und trotzdem wurde so auch die Seele in das Begehren hineingeführt.

War dies nun schlecht, unrein und falsch? Wenn dies so war, dann war es ein unergründliches Rätsel. Denn er selbst empfand gerade in diesen Eigenschaften, die diese starke Anziehungskraft ausübten, etwas vollkommen Reines. Ja, alles,

was ihn in dieser Weise anzog, musste er unter den Begriff der *Unschuld* zusammenfassen. Wie konnte es schlecht sein, sich in die reine Unschuld eines Mädchens zu verlieben? Das war die entscheidende Frage, die ihn so sehr quälte...
Der Regen wurde etwas stärker, und er kehrte um. Zum Glück kam er nun für den Moment von hinten.

Das Kind, das in der heiligen Nacht geboren wurde, war auch unschuldig. Ein junges Mädchen war unschuldig. Er verliebte sich in die Unschuld – und in das einzigartige Wesen, das diese Unschuld in gerade dieser Gestalt offenbarte, Saskia... Was war daran falsch?
Ein kurzer Gedanke kam ihm wie eine Eingebung: Weil *du* die Schuld hineinträgst. – Aber worin lag die Schuld dann? In seinem Begehren? Durfte man die Unschuld nicht begehren? Doch, vielleicht, aber was tat man dann? Im Begehren lag Egoismus. Man näherte sich der Unschuld mit Egoismus, mit dem durch den Sündenfall schuldig gewordenen Empfinden... Das Begehren befleckte die Unschuld, indem es sie nicht ließ, wie sie war, sondern sie begehrte, für sich haben wollte!

Es schauderte ihn, vor sich selbst. Er dachte nach, was er eigentlich tat. Er hatte selbst empfunden, dass er sein Begehren läutern müsse. Er hatte empfunden, dass er damit ihrer Unschuld zu nahe trat – aber auch, dass er sie damit nie gewinnen konnte. Nun hielt er sein Begehren, dass er nicht völlig vernichten konnte, hinter einer unsichtbaren Grenze, und versuchte, sich ihr nur noch mit einer Liebe zu nähern, die so unschuldig und rein wie möglich war. Er versuchte, sie nicht für sich haben zu wollen und ganz und gar nur Dankbarkeit für jede einzelne Begegnung und jeden einzelnen Moment mit ihr zu empfinden. Auch sein Begehren sollte so weit gezähmt hinter Gittern liegen, dass es sich an ihrem Anblick und ihrer Gegenwart vollkommen genügen ließ, ja durch ihren Anblick selbst gezähmt wurde und sanft niederlegte...

Wann aber würde das Begehren vollkommen überwunden sein? Wenn man ein Heiliger war, der nichts begehrte, der in keiner Weise der Sinnlichkeit verfiel. Ein solcher Heiliger würde jeden Menschen in jedem Alter und jeden Geschlechts gleich lieben, oder er würde die Unschuld mehr lieben als die Schuld, aber er würde von der Unschuld eines Mädchens nicht auch leiblich-sinnlich angezogen werden.

Aber wenn es den Sündenfall gab, dann war dies nur Christus selbst möglich – und seit der Tat des Christus denjenigen Menschen, die sich ganz mit seinem Wesen verbanden...

Oh, wie sehr hing er auch an seinem Begehren, das doch schon so sehr geläutert oder gezähmt war! Er konnte es sich nicht vorstellen, ganz darauf zu verzichten, sich auch in dieser Weise von ihr angezogen zu fühlen. Diese Anziehung war zu süß, zu wunderschön... Er spürte doch, dass er bereits so sehr darauf verzichtete...

Aber was bedeutete das? Es bedeutete zugleich, dass er sein eigenes Begehren liebte. Nicht nur Saskia, sondern auch sein Begehren ihres Wesens, vor allem auch ihrer Jugend und ihrer jugendlichen Unschuld, ihrer Weiblichkeit. Und sie selbst wollte doch sein Begehren überhaupt nicht – dieses gerade war dasjenige, was für sie das größte Hindernis ihrer Freundschaft war. Sie ließ es zwar zu, weil sie wusste, dass es da war, aber sie wünschte sich in ihm eigentlich einen väterlichen Freund – schenkte ihm nur deshalb ihre Zuneigung und ihr ganzes Vertrauen. Und würde ein Vater seine eigene Tochter begehren? Es war immer ein Einbruch der Schuld in eine ganz und gar unschuldige Sphäre...

Was liebte er wirklich? Sein Begehren oder Saskia?

Bestürzt wurde ihm bewusst, dass er ihre Weiblichkeit begehrte, aber war diese denn ihr Wesen? Offenbarte sich ein Mensch nicht nur in weiblicher oder männlicher Gestalt, während sein Wesen über beidem stand? Was war dann ihr Wesen? Und würde er es auch noch lieben, wenn es sich nicht in dieser weiblichen, mädchenhaften Gestalt offenbarte? Er konnte sich nur vage vorstellen, was *dann* noch ihr Wesen war. Und ganz sicher würde er von diesem dann vielleicht berührt werden, sich aber nicht in dieses verlieben. Er liebte also zugleich die Gestalt, in der sich ihr Wesen in diesem Leben und zu diesem Zeitpunkt offenbarte...

Andererseits wäre er in einem anderen Leben vielleicht auch eine Frau – und würde sich dennoch in ihr Wesen verlieben, das dann in männlicher Gestalt geboren worden wäre. In seinem Kopf begann sich alles zu drehen...

Und wieder kehrte er zu dem Gedanken zurück, dass eine heilige Seele sich überhaupt nicht verlieben würde, weil sie das Wesen aller anderen Menschen jeweils diesem Wesen entsprechend lieben würde, ohne Egoismus, ohne Begehren. Das konnte er nicht. Er liebte Saskia, und er liebte sie jetzt und in dieser Gestalt, und er wollte seine Liebe auf sie richten und nicht auf alle anderen Menschen. Er wollte kein Heiliger sein, weil er das Gefühl hatte, dass seine Liebe ohne jenes Begehren kleiner werden würde – und wenn sie sich gleichmäßig auf alle Menschen verteilen müsste, erst recht...

Aber hatte nicht gerade das Christus-Wesen *diese* Liebe in die Welt gebracht? Und doch war er zu schwach für diese Liebe. Oder war er dafür nur zu egoistisch? Hatte er jemals versucht, diese Liebe auch nur zu suchen?

Er gedachte der reinen Form der Liebe, die er sehr wohl gesucht und gewollt hatte. Aber sie ging einher mit dem gezähmten Begehren – er hatte nie versucht, es völlig zu verwandeln. Und erst recht hatte er nie versucht, sich dem Christus-Wesen zuzuwenden, um seine Liebe der Liebe dieses Gotteswesens ähnlich zu machen.

Wohl hatte er bemerkt, dass das wirkliche Streben nach der reinen Form der Liebe das Begehren immer mehr verblassen und für Momente auch ganz verschwinden ließ. Aber was sollte, was wollte er weiter tun? Wollte er das Begehren ganz und gar in eine heilige, reine Liebe verwandeln, oder liebte er das Begehren oder den gezähmten Rest dieses Begehrens mehr als diese heilige Liebe?

Wollte er nur das Wesen Saskias lieben – oder wollte er es auch in seiner jetzigen Gestalt, als junges Mädchen, lieben und begehren?

Traurig kam er zu dem Schluss, dass er auf das süße Gefühl des Begehrens nicht völlig verzichten wollte. In diesem lag gerade die Verliebtheit, und diese hatte ihn gerade so erschüttert. Er liebte ihr Wesen nur deshalb so sehr, weil er es auch begehrte. Es war eine sanfte, aber umfassende Anziehung, eine wunderschöne, tiefe Sehnsucht nach ihr. Er konnte das Begehren so rein und sanft machen, dass es nichts anderes mehr begehrte, als ab und zu in ihrer Gegenwart zu sein. Aber auf ihre Gegenwart, mit all ihrer weiblichen Unschuld, Jugend und Anmut konnte er nicht verzichten. Er konnte kein Heiliger werden.

Er bat Saskia und das Christus-Wesen, das in die Welt gekommen war, um den Menschen von den Folgen des Sündenfalls zu erlösen, um Verzeihung.

In demselben Moment aber, in dem er dies tat, war es ihm, als bekäme er sowohl von dem Mädchen als auch von dem Gotteswesen eine gleichsam segnende Antwort, in der Vergebung und Verstehen lagen... Er empfand dies nicht als Befreiung von seiner Last, aber fühlte mit einer unendlichen Dankbarkeit eine *Erleichterung* ihrer Schwere...

*

Als er in sein Zimmerchen zurückgekehrt war, las er noch ein wenig bei Steiner. Dann neigte sich langsam der Nachmittag.

Er hätte jetzt gern eine Bibel gehabt und die Weihnachtsgeschichte gelesen.

Kurz zögerte er, dann entschloss er sich, in einem der Häuser in der Nähe nach einer solchen zu fragen. Auch dies war überhaupt nicht seine Art – aber er merkte, wie er langsam seine ‚Art' ablegte und mutiger, freier wurde. Es war ein wunderbares Gefühl, das man niemandem erklären konnte, der es nicht kannte oder der auch die Unfreiheit so nie kennengelernt hatte. Einfach aufstehen, sich überwinden und etwas tun, was man bisher nie getan hätte. Sich noch einmal anziehen und hinausgehen...

Der Vermieter seiner eigenen Unterkunft wohnte im nächsten Ort. Auch die benachbarten Häuser waren Feriendomizile, dort würde man, wenn sie überhaupt belegt waren, sehr wahrscheinlich keine Bibel haben. Er ging ein wenig die Straße hinab und kam zu einem größeren Haus, das sehr ‚eingesessen' wirkte. Er ging zum Eingang, zögerte noch einmal kurz und klingelte dann.

Nach einiger Zeit öffnete ihm eine alte, kleingewachsene Frau.

„Guten Tag. Bitte entschuldigen Sie die Störung. Ich bin für zwei Wochen dort drüben in einer der Ferienwohnungen. Ich wollte Sie fragen, ob Sie vielleicht eine Bibel hätten, die ich für heute ausleihen könnte...“

Die alte Frau lächelte. Er war sich nicht sicher, wie viele Zähne sie noch im Mund hatte.

„Guten Tag. Kommen Sie doch kurz herein...“

„Nein, nein, es ist etwas nass, und ich –“

„Das macht nichts. Kommen Sie nur kurz herein!“

Er folgte der freundlichen Aufforderung.

„Möchten Sie etwas trinken?“

„Nein, vielen Dank.“

„Ich könnte Ihnen schnell einen Tee oder einen Kaffee kochen.“

„Nein, wirklich nicht, danke.“

„Nun gut, warten Sie kurz. Hier ist sie schon...“

Sie ging in das erste vom Flur abgehende Zimmer und kehrte sogleich mit einem alten, scheinbar sehr oft gelesenen Exemplar einer Hausbibel zurück. Als sie sie ihm überreichte, sagte sie:

„Gehen Sie bitte vorsichtig damit um. Ich habe nur diese."
Der Inhalt dieser schlichten Worte und die Art, wie sie diese aussprach, erschütterten ihn zutiefst. Bestürzt fragte er:
„Aber darf ich Ihnen diese dann einfach –"
„Natürlich. Sie haben um eine Bibel gebeten, und Sie sollen sie haben. Kommen Sie dann morgen wieder?"
„Ja...", erwiderte er noch immer überwältigt.
„Aber dann bleiben Sie etwas länger..."
„Ja ... das werde ich dann machen."
„Gut. Dann wünsche ich Ihnen einen gesegneten heiligen Abend!"
„Vielen Dank, ich danke Ihnen vielmals. Das wünsche ich Ihnen auch..."
„Gut, gut, dann bis morgen. Nehmen Sie sie unter ihren Mantel, es nieselt wieder ein wenig."
„Ja, das mache ich. Auf Wiedersehen."
„Auf Wiedersehen."

Er drückte auf dem kurzen Rückweg die Bibel wie eine kostbare Antiquität an sich. Mit Sicherheit war sie dies auch.
Als er wieder im Trockenen war und seinen Mantel aufgehängt hatte, setzte er sich mit einem feierlichen Gefühl mit dem alten Buch an den kleinen Tisch und schlug es auf. Er überblätterte das ganze Alte Testament, kam zu Matthäus, zu Markus und schließlich zu Lukas. Hier fand er tatsächlich, was er gesucht hatte.
Er sah kurz aus dem Fenster, die frühe Dunkelheit ließ den Ausblick langsam verschwinden. Welch seltsame Umstände dies doch waren. Nun saß er hier in einem winzigen Ferienzimmer an einem schlichten Tisch in der einbrechenden Dunkelheit vor einer uralten Bibel, und die heilige Nacht kam heran. – Plötzlich hatte er noch das Bedürfnis nach dem Licht

einer Kerze, das die Atmosphäre nicht ganz so trostlos erscheinen lassen würde.

Er suchte lange und fand schließlich hinten in einer der Küchenschubladen zwei kleine Reste sowie Streichhölzer. Einen der beiden Kerzenstummel stellte er auf eine Untertasse und entzündete ihn.

Er blickte auf die altdeutsche Schrift und las den Beginn des zweiten Kapitels. ‚...und legte ihn in eine Krippe; denn sie hatten sonst keinen Raum in der Herberge. Und es waren Hirten in derselben Gegend auf dem Felde bei den Hürden...'

Die Weihnachtsgeschichte war nur sehr kurz. Er hatte diese Tatsache gar nicht mehr im Bewusstsein gehabt.

Hirten auf dem Felde ... der Engel des Herrn... Durch Rudolf Steiner konnte man daran wieder glauben, eine Beziehung dazu finden. Aber die Hirten ... und Maria ... in diesem Moment wünschte er sich, auch ein solches einfaches, reines, gläubiges Herz zu haben. Vielleicht würde er dann auch Saskia anders lieben können – und würde dies ihr Wesen mehr heiligen, als er es jetzt schon tat.

Lange dachte er darüber nach, schweigend auf seinem Stuhl sitzend ... die Gedanken gingen über in ein Nachsinnen, ohne Gedanken, eine Art träumendes Nachfühlen des zuvor Gedachten. Dann dachte er ebenso fühlend-sinnend an Saskia, die jetzt bei ihren Eltern war. Was sie wohl gerade tat, vielleicht war sie jetzt gerade im Gottesdienst, begannen diese nicht um sechs Uhr abends? Er stellte sie sich vor, wie sie in der Kirche kniete, obwohl man dies heute natürlich nicht mehr machte. Dennoch wurde ihm dieser Gedanke etwas Feierliches, vielleicht war es auch sein eigenes Bedürfnis, etwas zu empfinden, was er sein Leben lang nicht empfunden hatte... Dann stellte er sich vor, wie Saskia mit erfülltem Herzen wieder von der Kirche zurück nach Hause gehen würde. Einsam, schweigend, entlang von Feldwegen, in der Dunkelheit der Sternennacht, aber mit einem innerlichen Licht...

Dann stellte er sich vor, wie sie im Hause ihrer Eltern an ihn dachte und... Er brach den Strom der Vorstellungen ab. Er wollte jetzt, in diesem Augenblick, an diesem Abend, nicht in Vorstellungen eintauchen, die nur den Phantasien seiner begehrenden Liebe entsprachen.

Er stand auf, aß noch eine Kleinigkeit und ging dann zu Bett. Er hatte an diesem heiligen Abend nichts anderes zu tun. Er wollte auch nichts anderes mehr lesen. Er wollte heute nur noch mit der Weihnachtsgeschichte und mit Saskia allein sein, noch etwas nachsinnen und dann irgendwann einschlafen...

Als er am nächsten Moment erwachte, konnte er sich noch vage an Elemente eines wunderschönen Traumes erinnern.

Er hatte von Saskia geträumt, die aber irgendwie gleichzeitig Maria war, und sie hatte ihn so mild und voller Zuneigung angelächelt, dass es im Traum in ihrem Herzen nichts außer ihm zu geben schien.

Dieser Traum war der schönste gewesen, den er je gehabt hatte. Doch im Tagesbewusstsein betrachtet, offenbarte er sich zugleich als durch und durch von Egoismus und Begehren durchdrungen. Wieder verzweifelte er innerlich. Wie war dies möglich, dass diese wunderschönen Gefühle, die doch einerseits schon so rein waren, die wirklich keinerlei Gier oder Begehren im groben Sinn enthielten, doch nur einem feineren Egoismus, einer noch immer begehrenden Sehnsucht entsprachen? Und wie war es möglich, dass er Saskia im wachen Bewusstsein so sehr freilassen konnte und wollte – und im Unterbewusstsein sich doch ihre volle Hingabe wünschte und ausmalte?

Er war überzeugt, dass er ihr mit diesen Träumen nichts antat; dass ihre Unschuld niemals ihre ganze Liebe auf ihn richten würde, in die er sich so hineinträumte, dass er aber ihre eigentliche Unschuld damit auch nicht verletzte. Und war es andererseits nicht so, dass diese Träume nur verabsolutierten, was er wirklich wahrnahm – nämlich ihre Unschuld, ihre Liebe, ihre Zuneigung? Insofern phantasierten sie gar nicht völlig, sie verabsolutierten nur. Sie zeigten nur in einer zauberhaften Steigerung, was er ohnehin erlebte, wenn er bei ihr war: das tiefste Glück ihrer unschuldigen, uneingeschränkten Zuwendung.

Dieser Gedanke tröstete ihn ein wenig. Es war nicht etwas Schlechtes und Böses, wenn seine Sehnsucht nach ihr im Traum dasjenige, was er erlebte, in eine Ausschließlichkeit verklärte... Er musste nur Traum und Realität auseinanderhalten. Er konnte von ihr mit seiner eigenen tiefsten Liebe und Sehnsucht träumen – und musste sie in der Realität doch völlig freilassen; so völlig, dass er sie sogar ganz gehen lassen könnte, wenn sie nichts mehr für ihn empfand...

*

Er ging hinüber zu der alten Frau, um ihr die Bibel zurückzubringen.
Als sie ihm die Tür öffnete, begrüßte sie ihn mit einer selbstverständlichen Freude.
„Frohe Weihnachten!"
„Oh, ja ... frohe Weihnachten."
Er trat ein.
„Hier, bitte, Ihre Bibel. Haben Sie nochmals vielen Dank..."
„Ja, gern geschehen. Kommen Sie, kommen Sie."
Sie ging ihm voraus in das Wohnzimmer.
„Setzen Sie sich. Möchten Sie einen Tee oder einen Kaffee? Haben Sie schon gefrühstückt?"
„Einen Kaffee bitte. Frühstücken kann ich später, bitte machen Sie sich keine Umstände."
„Gut, wie Sie wollen. Setzen Sie sich doch!"
Er setzte sich an den großen, alten Eichentisch, der in einem ebenso alten Zimmer stand. Auch die übrigen Möbel waren alt, ein Schrank, ein Sekretär, zwei große Kommoden, einige Bilder an der Wand. Auf den Kommoden standen kleine Bilderrahmen, deren Fotos er vom Tisch aus nicht genau erkennen konnte.

Nach einiger Zeit kam die alte Frau mit einem kleinen Tablett wieder, das sie in ihren zittrigen Händen hielt. Er sprang auf, um es ihr abzunehmen.
„Nein, nein, schon gut, mein Sohn. Lassen Sie nur."
Er fürchtete, sie würde es jeden Moment fallenlassen, aber sie brachte es sicher bis auf den Tisch und deckte dann, was sich darauf befunden hatte: eine altmodische Thermoskanne, zwei

Tassen und Untertassen und eine kleine Schale mit etwas Gebäck.

Dann setzte sie sich ihm gegenüber und schenkte die zwei Tassen ein. Als sie damit fertig war, sagte sie:

„So – dann erzählen Sie mal."

„Wie bitte?", fragte er überrascht.

„Erzählen Sie ein wenig", wiederholte sie lächelnd, und wiederum zeigten sich dabei zahlreiche Zahnlücken. „Sie werden doch ein bisschen zu erzählen haben? Was macht ein junger Mann wie Sie so allein zu dieser Zeit auf dieser Insel?"

Ja, das war in der Tat eine berechtigte Frage. Nur das ‚junger Mann' war vielleicht etwas übertrieben, auch wenn es aus ihrer Sicht ebenfalls sehr berechtigt sein mochte.

„Nun, ich wollte einfach einmal zwei Wochen allein sein. Das ist eigentlich schon alles."

„Wenn es so einfach wäre...", erwiderte die Alte. „Geht es dir mit deiner Frau oder deiner Familie nicht gut?"

„Woher wissen Sie...?", fragte er überrumpelt, auch durch ihren unvermittelten Wechsel der Anrede.

„Ach, mein Sohn...", sagte sie gutmütig, „denkst du nicht, dass ich Zwei und Zwei zusammenzählen kann? Wie sollte man sonst zu dieser Zeit allein sein? Du hast gesagt, du wolltest allein sein, also bist du sonst nicht allein. Wer aber nicht allein ist und in dieser Zeit dennoch allein sein will, hat Probleme..."

„Sie sind doch auch allein", versuchte er wenig glücklich, der Frage auszuweichen.

„Ja – aber nicht, weil ich es will, sondern weil sie gegangen sind. Vor dreiundzwanzig Jahren mein Mann, vor fünfunddreißig Jahren unsere Tochter. Mehr sind nicht..."

Für kurze Zeit schien sie in die Vergangenheit zu lauschen.

„Das tut mir leid...", erwiderte er unbeholfen.

„Aber es gibt Nachbarn, die ab und zu vorbeikommen", kehrte sie in die Gegenwart zurück. „Und nun erzähle mir bitte etwas..."

Er war sich nicht sicher, ob sie mit den Nachbarn ihn meinte, oder ob irgendjemand ein wenig für sie sorgte. Er entschied sich schließlich für das letztere und war dadurch ein wenig beruhigt. Dann sagte er:

„Ich weiß nicht recht, was ich erzählen soll...“

„Erzähle doch von dem, was dich belastet.“

Das wollte er nun wirklich nicht. Wenn er daran dachte, schämte er sich auf einmal – sowohl in Bezug auf seine Frau, die er allein ließ, als auch in Bezug auf Saskia, ein junges Mädchen, das er liebte. Die Frage der alten Frau hatte alle Mauern der Konvention auf einen Schlag wieder aufgerichtet. Sie würde mit Sicherheit strenge Moralvorstellungen haben.

„Nun ja, jeder hat doch manchmal Probleme. Das ist nicht weiter der Rede wert.“

„Du sollst nicht falsch Zeugnis reden. Das achte Gebot, mein Sohn. Wie sollte es nicht der Rede wert sein, wenn jemandem etwas auf der Seele liegt?“

„Wissen Sie, manchmal möchte man es aber einfach nicht erzählen...“

„Das mag sein, mein Sohn. Aber denkst du wirklich, ich würde dir nicht mit offenen Ohren und offenem Herzen zuhören? Du kennst doch das Wort unseres Herrn, ‚Wer von euch ohne Sünde ist...‘ Oder – kennst du es nicht? Nun ja, du wirst es vielleicht gar nicht kennen. Verreist ohne eine Bibel... Vielleicht hast du gar keine...“

„Nein, ehrlich gesagt nicht...“

„Nun ja, es ist dein gutes Recht, nichts zu erzählen. So sei es drum. Ich dachte nur...“

„Sie würden mich insgeheim sicher doch verurteilen.“

„Oho, mein Sohn!“, wurde sie lebendig. „Da kennst du mich wahrhaft schlecht. Ich habe in den letzten sechzig Jahren niemanden verurteilt. Glaube mir, ich nehme mir die Worte unseres Herrn zu Herzen! ... Ja, als unsere Elsa durch einen Verkehrsunfall starb, da kam es mich wirklich hart an, den

Mann nicht zu verurteilen, der das Auto gefahren war, von dem sie erfasst wurde. Aber ich sagte mir unter Tränen, der Herr gibt das Leben, der Herr nimmt es – und ich habe auch diesen Mann nicht verurteilt..."

Erschüttert hatte er diese Worte gehört. Er befand sich auf einmal in einer Welt, die er absolut nicht kannte. Er dachte, so etwas gäbe es nur noch in alten Filmen und noch älteren Büchern. Hier aber saß ihm eine lebendige Seele gegenüber, die ganz in einem lebendigen Glauben an Gott lebte. Dieser Glaube war so lebendig, dass sie ihm gestern ohne Zögern ihre eigene Bibel gegeben hatte, die sie selbst vielleicht als junges Mädchen von ihrer Mutter oder sogar Großmutter bekommen hatte...

Er fasste vollstes Vertrauen – nein, er musste es nicht einmal fassen, er hatte es bereits. Und auf einmal fühlte er eine sehr, sehr große Sehnsucht, seine Last mit jemandem zu teilen.

„So hören Sie denn meine Geschichte und das, was mir auf dem Herzen liegt..."

Und er erzählte von der zerrütteten Ehe mit seiner Frau, von seinen Kindern, die schon sehr ihre eigenen Wege gingen, und von seiner Liebe zu Saskia. Und er erzählte ausführlich von seinem eigenen Ringen mit der Frage der Schuld und der Unschuld, der einen und der anderen Liebe, der Selbstlosigkeit und dem Begehren, von der zarten, aber tiefen Sehnsucht, von seinen Träumen...

Als er endlich fertig war, schloss er mit den Worten:
„So, nun wissen Sie alles."

Die Alte hatte mit geschlossenen Augen zugehört. Sie hielt sie noch immer geschlossen, und er fürchtete schon, sie sei eingeschlafen, da öffnete sie sie wieder und sagte:
„Danke, mein Sohn, danke für deine Geschichte..."

Er fürchtete erneut mit einer plötzlichen, heftigsten Enttäuschung, dass sie sich das alles nur hatte anhören wollen, doch dann bemerkte er, dass sie noch mehr sagen würde.

„Die Wege Gottes sind unergründlich ... so sagt man. Aber die Wege der Menschen sind es auch. Und vielleicht sind diese Wege zugleich Gottes Wege. Wenn nicht *ein* Spatz aus Gottes Hand fällt, sondern in Ihm lebt und stirbt, wie könnte dann nicht jede einzelne Begegnung auch einzig und allein in Gottes Hand liegen?

Deine Frau kenne ich ja nicht. Ich weiß nur, dass jeder Mensch die Liebe sucht und kein Mensch von Natur aus böse ist. Irgendwann ist auch deiner Frau ein großes Leid zugestoßen, sei es als Kind, sei es später. Jedes Leid kann erlöst werden, aber nur durch Liebe. Und je größer das Leid, desto größer muss die Liebe sein. Ich sage nicht, was du tun sollst oder sie tun soll – ich sage nur, wie es ist."

Längst hüllte ihn die eigentümliche Stimmung ihrer Worte und der in ihnen strömenden Weisheit ein und berührte ihn sonderbar...

„Und Kinder ... ja, Kinder gehen irgendwann eigene Wege, aber auch sie sehnen sich nach Liebe und nach Menschen, die ihnen die Wege vorausgehen, lange, lange. Aber das vermag man nicht immer. Und dann gehen die Wege schon früh auseinander. Aber das wollen die Kinder eigentlich gar nicht. Scheinbar werden die Kinder immer stärker und selbstbewusster, aber vor allem werden die Eltern immer schwächer und unwissender. Ich verurteile das nicht, ich sage nur, wie es ist."

Die alte Frau sah ihn mit ihren gütigen, altersweisen Augen wie aus großer Ferne an, als sie in demselben ruhigen, friedvollen Tonfall weitersprach.

„Und nun will ich nur noch von dir und dem Mädchen reden. So haben deine Wege dich also tatsächlich zu einem wahrhaft unschuldigen Geschöpf geführt. Ich zweifle nicht daran, dass auch dies Gottes Wege sind. Und was du über deine Gefühle gegenüber dem Mädchen sagst: Ja, wie soll es anders sein, als dass ein Mann davon berührt wird? Und wie soll es anders sein, dass auch das Begehren mitspricht, wo uns doch nur der Herr selbst davon erlösen kann?

Ich sehe sehr wohl, dass deine Liebe zu dem Mädchen sehr groß ist und dass du dein Begehren mit Hilfe deiner aufrichtigen Liebe sehr rein halten konntest. Auch bist du dir selbst gegenüber sehr aufrichtig und sehnst dich danach, das Richtige zu tun, wenngleich du andererseits auch an deinem verbleibenden Begehren hängst.

Ich habe verstanden, dass deine eigentliche Frage ist, ob dies alles so sein darf. Diese Frage kann ich dir nicht beantworten, das kann nur der Herr selbst. Aber frage dich selbst, wie sehr du deine Liebe zu dem Mädchen in Sein Licht stellen willst. Das ist die einzige Frage, die dir weiterhelfen kann. Wenn du unter der Frage leidest, ob das alles so sein darf, bist du eigentlich schon auf dem Weg zum Herrn, mehr als du denkst – nur merkst du es noch nicht. Wenn dir aber die Frage wirklich und aufrichtig auf dem Herzen liegt, so sehr, wie du dieses Mädchen liebst, dann frage nicht, ob das alles so sein darf, sondern frage, wie sehr du deine Liebe in das Licht unseres Herrn stellen willst..."

Die Alte hatte zu Ende gesprochen, er wusste es unmittelbar. Ihre Worte standen im Raum, aber der Sinn ihrer Worte erfüllte den Raum, erfüllte auch sein eigenes Inneres und hatte dort in dem Moment, wo sie ausgesprochen worden waren, ein Licht entzündet, das er bis dahin nicht gekannt hatte. Es war ein Licht, dessen Flamme aus Reinheit und Läuterung bestand.

Es war eine fast unwirkliche Situation. Er hatte den Wunsch, die Worte der alten Frau mit keinem einzigen weiteren Wort zu zerreden, und für sie schien dies ebenfalls fast selbstverständlich zu sein. Indem sie sich in ihren Blicken verstanden, erhoben sie sich wortlos und gingen in den Flur. Als er sich die Schuhe und seinen Mantel wieder angezogen hatte, sagte er nur:

„Ich danke Ihnen..."
Die Alte erwiderte:
„Danke Gott, unserm Herrn, und möge er dich behüten..."
Es war ihm fast nicht möglich, zu gehen, so sehr fühlte er sich beschenkt und gesegnet – mit einem Geschenk und einem Segen, die zugleich nur er selbst zu einer vollen Wirklichkeit machen konnte. Noch einmal wandte er sich um und hob noch einmal fast ehrfürchtig die Hand zum Gruß. Die alte Frau nickte lächelnd...

*

Er ging nicht in seine Unterkunft zurück. Er fürchtete, dass er damit zu schnell wieder in das gewöhnliche Bewusstsein zurückkehren würde und dass das Zurückkehren in den kleinen Raum alles wieder profan machen würde. Und so wandte er sich, als er auf der Höhe des Häuschens war, dem kurzen Weg zum Strand zu.

Als er vom gleichmäßigen Rauschen des Meeres umgeben und dem starken Wind ausgesetzt war, ließ er seine Gedanken und sein Erleben, die er auf dem kurzen Weg hierher zurückgehalten hatte, um sie zu hüten, sich weiter entfalten.

Es kam also auf seine Beziehung zum Christus-Wesen an, auf seinen Willen, zu diesem Wesen eine Beziehung zu gewinnen, etwas sehr Reales; und darauf, aus dieser gewonnenen Beziehung heraus dann zu handeln – so zu handeln, wie man es sonst nie tun würde, nie vermögen würde.

Aber wie gewann man diese Beziehung, wie war dies möglich? Immer mehr erlebte er, wie dies etwas sehr Reales sein würde, und wie es nicht darum ging, einige Gedanken darüber haben zu können. Dies würde überhaupt nicht ausreichen. Es würde allenfalls eine Vorstellung der Beziehung geben können, nicht aber diese Beziehung selbst. Gedanken konnten einen Schein geben, eine Illusion. Sie konnten dazu führen, dass der Wille nicht tat, was notwendig wäre. Und dass man nicht einmal erkannte, was man nicht tat...

Er hatte nun zwei Quellen, aus denen heraus er eine wirkliche Beziehung zum Christus-Wesen würde entwickeln können.
Die eine waren Rudolf Steiners Worte. Ohne diesen Quell tiefer Gedanken, Vorstellungen und Begriffe schien es ihm ganz unmöglich. Ja, auch dies waren Gedanken, aber man *brauchte* Gedanken, um sich überhaupt einer Wirklichkeit annähern zu können. Das Entscheidende war, dass man nicht *nur* bei Gedanken blieb – sondern dass sie eine Brücke zur vollen Wirklichkeit bildeten. Man musste wissen, verstehen, begreifen, was und wer diese Christus-Wesenheit war und was ihre Tat und die Bedeutung ihrer Tat und ihres fortwährend gegenwärtigen Seins und Wirkens war. Aber dann musste man sich diesem Wesen und seinem Wirken auch wirklich zuwenden! Das Begreifen musste Zuwendung werden, das Denken musste ein bestimmtes Wollen entzünden...
Und so war der zweite Quell das Erlebnis, das er eben gehabt hatte: das Wesen, der Glaube und die Worte dieser alten Frau. Er wurde sich bewusst, dass er nicht einmal ihren Namen wusste. Er hatte gestern Nachmittag kurz das Klingelschild gesehen, aber es nicht einmal richtig angeschaut. Doch der Eindruck ihrer bis ins Innerste reichenden lebendigen Beziehung zu dem, den sie ‚den Herrn' nannte, war ihm eindrücklicher gewesen, als er es je in Worte fassen könnte. Es war wie die erschütternde Berührung aus einem Reich gewesen, in dem das Märchen und die Sage noch lebendig und real waren...
Diese reale Berührung, dieser wirkliche, wirksame Eindruck hatte in ihm etwas lebendig gemacht, etwas wie einen Keim. Ja – es war wiederum der Wille. Eine Sehnsucht nach diesem Lebendigen, nach dieser Kraft, nach dieser Realität der inneren Beziehung zu diesem Christus-Wesen. Aber indem diese

Sehnsucht erwachte, *war* sie bereits ein Keim; der Keim eines wachsen könnenden Willens...

Und auch ihre Worte an ihn hatten einen weiteren Keim in ihn gesät – oder denselben Keim weiter gestärkt, diesem noch konkreter Inhalt, Kraft und Gestalt gegeben. Durch diese Worte wusste er endgültig und vollkommen klar, *wie* er diese Beziehung suchen musste, welche Beziehung er suchen musste und warum er sie suchen musste...

Und so gab es noch eine dritte Quelle, aus der heraus er die Beziehung zum Christus-Wesen schöpfen würde – und diese war im Grunde die allererste, aus der die anderen beiden eigentlich hervorströmten, obwohl sie alle drei selbstständig waren und eigene Kraft und Wirksamkeit entfalteten.
Diese erste Quelle war Saskia selbst. Um ihretwillen suchte er nun das Christus-Wesen. Um ihretwillen hatte er begonnen, es zu suchen – weil er ihr etwas geben wollte. Um ihretwillen suchte er nun voller Sehnsucht, weil er seine Liebe zu ihr läutern und heiligen wollte. Sie war es, die ihm den Zugang zu Steiners Anthroposophie eröffnet hatte. Sie war es, die ihn auf diese Insel geführt und begleitet hatte. Sie war es, die die erste Quelle war. Um ihretwillen und dank ihr geschah dies alles...
Saskia, Rudolf Steiner, die alte Frau ... Christus.

Hatte Saskia ihn zum Christus-Wesen geführt, oder hatte das Christus-Wesen ihn zu Saskia geführt – und führte es ihn zu einer anderen, heiligeren Liebe? Oder geschah beides, fortwährend ineinander verwoben? Lebenswege, die sich begegneten, vereinigten, weiterführten, beschenkten...
Einen kurzen Moment lang hatte er die ahnende, wirkliche Intuition der alles beschenkenden, immer weiterströmenden Liebe. Liebe in all ihren Formen, die aber fortwährend auf dem Weg waren, zu wachsen, sich zu entwickeln, sich zu heiligen; die hervorgingen und genährt wurden aus *einem*

Wesen, das unvorstellbar groß war und das die Liebe selbst war...

*

Er ging zurück in seine Unterkunft und nahm ein Buch hervor, das in dem ganzen Stapel zuunterst lag. Dieses Buch hatte er gekauft, als er Saskia seinen Brief gegeben hatte... Es war die beschriebene Lebensbegegnung eines Mannes mit Rudolf Steiner. Er wollte diesen Menschen jetzt aus den Augen eines Anderen kennenlernen...

Dankbar spürte er nach kurzer Zeit, dass dies genau die richtige Entscheidung gewesen war. Er verbrachte den Weihnachtstag damit, einzutauchen in die Begegnung eines großen, ernsten Wahrheitssuchers mit einem noch viel Größeren, einem wirklichen Geisteslehrer, einem Menschheitslehrer.
Und das Wunderbare war, dass es hier keinerlei falsche Verehrung gab, dass hier ein Mann, der selbst aufrichtig weite innere Wege gegangen war, ein weithin bekannter und wirksamer Pfarrer der protestantischen Kirche, ohne alle schnellen Zugeständnisse, vielmehr wenn überhaupt mit großen Vorurteilen und viel Vorsicht, von der absoluten Wahrhaftigkeit Steiners und der Realität seiner Erkenntnisse Schritt für Schritt überzeugt wurde, sich selbst überzeugte... Diese Lebensbeschreibung war von unsäglichem Wert. Wie sehr lernte man hier Rudolf Steiner kennen – wie tief wurde auf einmal das Erleben! Wie tief erlebte man nun auf einmal auch, was er wirklich gegeben hatte, über drei Jahrzehnte hindurch...
Als er am Abend das Buch aus der Hand legte, fühlte er eine sehr große Dankbarkeit. Nun konnte ihn in Bezug auf Rudolf Steiner nichts mehr erschüttern. Nun hatte dessen hinterlassenes Werk für ihn die volle Bedeutung gewonnen. Jetzt war

er bereit, von diesem Quell dessen ganze Kraft entgegenzu-
nehmen...

Der zweite Weihnachtsmorgen empfing ihn mit einem strahlenden Sonnenschein. In seinem Herzen aber brannte noch etwas anderes.

Wieder hatte er von Saskia geträumt. Er hatte sie mit einer reinen Liebe geliebt. Sie war vor ihm, mit ihm, auf jener blühenden Wiese gegangen. Sie hatte sich ab und zu glücklich zu ihm umgedreht und ihm zugelächelt, und er hatte sie geliebt, rein...

Doch irgendwann, irgendwie war sie auf einmal stehengeblieben. Ihm zugewandt, lag in ihren Augen auf einmal ein wunderschönes Sehnen. Er wusste, was dies bedeutete, und seine eigene Sehnsucht wurde übergroß... Er ging die wenigen Schritte auf sie zu, und sie gab sich ihm hin, umarmte ihn, küsste ihn... Und dann zog sie ihn ins Gras, und er liebte sie, körperlich, auch mit ihrem Leib gab sie sich ihm, wollte es auch...

In seinem Herzen brannte die Scham. Der Traum war wunderschön gewesen. Noch immer, jetzt nach dem Aufwachen, nahm es ihm den Atem und brannte die Sehnsucht nach ihr in seinem Inneren. Doch in seinem Innersten durchzog verzweifelte Scham einsam die Seele...

Würde dies immer so weitergehen? Würde er von seiner reinen Liebe zu ihr träumen und sich eine reine Liebe vorstellen, in Wirklichkeit aber immer mehr ihrer umfassenden, auch leiblichen Anziehung verfallen, schließlich auch jede Nacht von der Vereinigung mit ihr träumen – und zuletzt vielleicht auch am Tage...? Und würde sein in den Tiefen seiner Seele und seines Leibes wirkendes Begehren zusammen mit seiner Sehnsucht nach einer reinen Liebe dann fortwährend dafür sorgen, dass *sie* es war, die ihn verführte, die es ihm erlaubte, die sich ihm hingab, die die gleiche Sehnsucht hatte...?

Oh, wie sehr liebte er sie in ihrer Unschuld! Und selbst ihre süße Begierde im Traum war vollkommen unschuldig. Nie würde er aufhören, gerade dies zu lieben, *nur* dies, ihre vollkommene Unschuld. Diese war es, die er am allermeisten und allertiefsten liebte.

Aber, Gott im Himmel, wie sehr verging er sich an ihrer Unschuld! Nicht, indem er sich vorstellte, wie sie ihn unschuldig begehrte; nicht um den konkreten Inhalt ging es, sondern darum, dass er sich etwas vorstellte, was sie in ihrer *realen* Unschuld gar nicht wollte! *Das* war seine Sünde: Dass er sich etwas vorstellte, was nur er wollte, während ihre Unschuld gerade darin bestand, es nicht zu wollen.

Er stellte sich im Grunde vor, dass sie jemand anders war – der das wollte, was sie nicht wollte. Und doch stellte er sich dann ihre Gestalt vor, aber das war gar nicht sie! Es war seine eigene Wunschvorstellung, die Vorstellung seines eigenen Begehrens. Die Vorstellung seiner unreinen Liebe, die sich eine Saskia erträumte, die etwas wollte, was die reale Saskia gerade nicht wollte und auch nie wollen würde. Diese reale Saskia hatte eine reale Unschuld und einen realen Willen, der nichts Körperliches von ihm wollte. Und seine Sünde war, ihr fortwährend einen anderen Willen einzuimpfen, ihr wahres Wesen und Empfinden in seinen Vorstellungen, in seinen Nacht- und Tagträumen ganz umzukehren, zu pervertieren...

Sie waren schön, diese Vorstellungen, aber sie waren nicht *wahr*. Es war sozusagen eine Sünde gegen den Heiligen Geist; nicht, weil die körperliche Liebe an sich sündig wäre, sondern weil er in Vorstellungen abglitt, die ihn fortwährend von der wirklichen Saskia entfernten...

In seinem Herzen brannte die Scham und die Ohnmacht. Er wusste nicht, wie er es je würde schaffen können, sich von der Anziehung zu lösen, die ihr ganzes Wesen auf ihn hatte. Er wollte ihr näher und inniger verbunden sein, als sie es wollte. Liebe, Sehnsucht, Begehren, quälende, süße Anziehung... Wo war da eine Rettung? Wollte er überhaupt daraus gerettet werden? Ja, er wollte – und doch wollte er nicht die tiefe, die abgrundtiefe, die unendliche Liebe zu ihr verlieren... Ohnmacht und Scham...

*

Leer und trostlos schien ihm jetzt der Strand. Keine Freiheit, sondern Machtlosigkeit, Kälte. Die strahlende Sonne – wie ein Spott. Das Geräusch des Meeres nicht vertraut, tröstend, kräftigend, frei, sondern nur eine ewige Wiederkehr des Gleichen. Die Möwen – ihm ferne Bewohner dieser Welt, er selbst war hier nur Gast, ausgestoßen, fremd, vorgeführt... Allein. Zwar von dem Gedanken an Saskia begleitet, aber nur von dem Gedanken – und selbst für diesen schämte er sich noch, hielt sogar ihn noch zurück, weil er nur die Sünde fühlte, Scham schon bei dem Gedanken an sie, vor der er so schuldig wurde.

Diese zwei Wochen hatten so wunderbar begonnen, hatten scheinbar so viel Entwicklung gebracht, so unvorstellbar viel, und doch hatte sich nun alles zerschlagen, in einer einzigen Nacht – in einem einzigen Aufwachen in der Wirklichkeit: in der Wirklichkeit der Unentrinnbarkeit seines Begehrens. Er konnte und er wollte diesem Aspekt seiner Liebe gar nicht entkommen. Selbst wenn er es wollte, konnte er nicht. Und selbst wenn er es könnte, wollte er es nicht... Und doch würde er so nur immer tiefer in der Lüge versinken. In einer Liebe, die eine Saskia liebte und begehrte, die nicht die wirkliche Saskia war...

Etwas vom Spülsaum entfernt, blieben seine Augen kurz an einer Unebenheit hängen. Er trat die wenigen Schritte darauf zu und sah einen großen toten Vogel. Der Körper war groß wie ein Bussard, der Kopf ähnelte eher einer Möwe. Ein paar Tage mochte er hier schon gelegen haben. Die Federn waren nass, einige nicht anliegende Federspitzen bewegte leicht der Wind. Der Kopf des Vogels lag auf dem feuchten Sand, das Auge war geschlossen und würde sich nie wieder öffnen...

Es ging eine eigentümliche Schönheit von diesem toten Vogelleib aus. Welche Schönheit der Lebensformen Gott geschaffen hatte! Wenn es diesen Gott gab. Eine Schönheit, die in ihrer Vergänglichkeit fast weh tat. Der tote Vogelleib, seine Schönheit; die Schönheit der Vergänglichkeit. Über dem geschlossenen Auge leuchteten einige Federspitzen im Gegenlicht der frühen Weihnachtssonne, bewegt vom Wind.

Lange blieb er vor diesem toten Vogel stehen, hockte sich dann sogar vor ihm hin, um ihm näher zu sein, bis seine Knie wehtaten, und stand wieder auf, sah ihn noch immer lange an...

Als er sich schließlich von ihm löste, ging er nachdenklich weiter. Vergänglichkeit, Tod, die Schönheit noch des Toten, das einmal Leben war...

Auch er starb irgendwann, auch Saskia. Und sie wurde älter, sie würde sehr bald kein junges Mädchen mehr sein, sondern eine junge Frau, dann eine ältere Frau. Schließlich eine tote Frau, ein Mensch, der einmal gelebt hat... In seinem Inneren rang sich etwas empor und schnürte ihm leicht die Kehle zu. Das Erleben der Vergänglichkeit. Die Sehnsucht nach einem Haftenkönnen, nach einem Anhaltenkönnen der Zeit wurde dadurch nur größer. Die Trauer um das Vergängliche und um das Unmögliche, das nie Geschehende auch...

Eine bestimmte Form der Liebe zwischen ihm und Saskia würde nie Wirklichkeit werden. Er war für diese Liebe zu früh geboren, sie zu spät. Er empfand dies als eine Tragik. Aber es war eine Unmöglichkeit, es würde nie geschehen, nicht in diesem Leben... Aber was war mit der anderen Liebe? Würde auch diese etwas werden, was im Nachhinein als etwas Unmögliches erscheinen würde, etwas, was nie geschehen ist? Noch war die Möglichkeit dazu da – aber würde sie eine Wirklichkeit werden? Oder würde er am Ende seines Lebens auch diese Möglichkeit als etwas nie Geschehenes bedauern müssen? Eine Liebe, die ganz rein wäre ... die sich von allen Fesseln und aller Last eines illusionären Begehrens befreit hätte? Würde diese Liebe am Ende seines Lebens als etwas dastehen, was nie dagewesen ist, obwohl sie hätte geboren werden, da sein und leben können?

Aber was musste, was konnte dafür geschehen? Musste dafür nicht sein Begehren sterben? Und war dies nicht gerade unsterblich, untötbar? Es würde mit seinem Tod auch vergehen, aber warum konnte es nicht vorher vergehen und sterben? Warum war gerade dies so unentrinnbar lebendig, so quälend der immer unentkommbare Kern seiner Liebe, aber auch seiner Scham?

Wie sehr liebte er sie eigentlich, wenn er sie nur mit einer Liebe lieben konnte, für die er sich gleichzeitig schämen musste, weil er sich Vorstellungen machte, die ihrem wahren Wesen widersprachen? Aber wollte die Liebe nicht *immer* mit dem geliebten Wesen ganz vereinigt sein? Was tat sie dann, wenn das nicht ging? Sie verzichtete. Er aber floh zugleich in die Lüge, weil diese süßer war... Er war nicht fähig zu lieben, weil er zu sehr liebte – mit einer Liebe, die keine war. Er müsste auf die Süße der Illusion und der nur mit ihm selbst verbundenen Sehnsucht verzichten, um Saskia wahrhaft lieben zu können. Seine Liebe, die keine war, musste sterben, damit die Liebe, die wirklich Liebe wäre, wahrhaft leben könnte. Aber er würde das nie können...

Da kehrten seine Gedanken zu der alten Frau zurück, und ihre Worte erklangen ihm wieder im Ohr. ‚Frage dich selbst, wie sehr du deine Liebe zu diesem Mädchen in *Sein* Licht stellen willst.'

Wieder übten diese Worte eine seltsame Kraft aus. Wieder wurde dadurch, dass er sie in sich hörte, von der Frau und zugleich eigentlich von ihm selbst gesprochen, ein Licht lebendig, das nicht nur leuchtete, sondern *wirkte*. Das Licht von dem sie sprach, würde wirken, wenn er selbst dasjenige tun würde, von dem sie sprach. Wenn er selbst mit seiner Liebe zu diesem Mädchen etwas *tat*, würde auch jenes Licht etwas tun können. Aber zuerst musste er selbst etwas tun, zuerst müsste er selbst seine Liebe *in jenes Licht* stellen.

Er erlebte, wie dies eine wirkliche Entscheidung war. Es war zunächst keine Entscheidung ohne Zurück. Er könnte, wenn er es wollte, jederzeit zurückkehren zu einem Erleben auch des Begehrens, auch der süßen Sehnsucht; und vielleicht würden auch die Widersacher, ohne dass er es wollte, dafür sorgen. Und doch wusste er, dass die letzte Entscheidung ohne die Möglichkeit eines Zurück gefällt werden müsste, denn solange dies nicht geschah, würde der Sprung über den Abgrund gar nicht möglich sein, würde er wiederum nur probeweise geschehen, nur vorgestellt – und das, was man zurücklassen wollte, würde doch an einem haften bleiben und mitspringen...

Er dankte dem toten Vogel, dass er ihn dazu geführt hatte, bis zu diesen Gedanken zu kommen. Er fühlte es auf einmal wie ein Opfer des Vogels. Vielleicht war er nur deshalb hier gestorben, für ihn... Aber vielleicht war auch dies eine Illusion, vielleicht bezog er auch jetzt wieder völlig falsch alles nur auf sich. Dennoch war der Vogel real, und waren auch jene Gedanken real nur dadurch und danach zu ihm gekommen. Vielleicht hatte die göttliche Welt wirklich den Vogel hier sterben lassen, um ihm zu helfen. Er wusste es nicht, aber es war nicht von vornherein eine Illusion...

Aber wenn es so war, wäre sein Opfer zugleich vergeblich, wenn es keine Frucht brachte. – Dieser Gedanke lenkte seine Seele wieder zu Saskia selbst. Er konnte seine Entscheidung nicht von der Sinnhaftigkeit oder der Sinnlosigkeit dieses möglichen Opfers abhängig machen, auch wenn ihn der Vogel durch einen solchen Gedanken von neuem und um so mehr berührte – sondern er konnte nur um Saskia selbst willen und unmittelbar aus seiner Liebe zu ihr eine Entscheidung treffen.

Der Vogel mochte sich geopfert haben und von der göttlichen Welt gerade hierher geführt worden sein, dieses Opfer führte nur dazu, dass er jetzt hier stand und in vollem Bewusstsein auf seine Liebe zu Saskia und auf Saskia selbst schaute. Er stand hier am einsamen Strand, am zweiten Weihnachtstag, und er wusste, dass er die volle Freiheit hatte, eine Entscheidung zu treffen.

Die Möwen und anderen Vögel zogen ihre Bahnen – er war ihnen fremd, hatte nichts mit ihnen zu tun, doch er war hier Gast und sie ließen ihn hier sein. Und eines unter ihnen hatte sich vielleicht für ihn geopfert, war an jener Stelle gestorben, damit er es finden konnte und bis zu diesem Punkt kommen konnte...

Noch einmal gedachte er dessen in Dankbarkeit und fühlte die Wärme, die dabei in ihm aufstieg.

Dann wandte er wieder all sein Denken Saskia zu. Mit aller Kraft ließ er vor sich ihr Wesen erstehen, wie es war. Mit all seinen Zügen, mit ihrem Vertrauen, ihren Hoffnungen und mit dem, was sie nicht hoffte, was nicht zu ihr gehörte. Vor sich sah er das von ihm geliebte Mädchen und das, was es selbst in ihm sah und was in demjenigen lebte, das im Begriff war, ihre Freundschaft zu werden.

Deutlich sah und erlebte er, dass all das, was er an Begehren und Anziehung fühlte, an alledem keinen Anteil hatte, dass jenes nur von ihm ausging. Dasjenige, was sie an sich hatte, blieb eine volle Wahrheit, blieb sogar ein einzigartiges Wunder. Aber es wurde gleichsam losgelassen von dem Begehren, das sich zurückzog, wie Wachs, das in der Sonne schmilzt, wie Nebel, der in der Sonne vergeht.

Ja, so war es tatsächlich. Und auch dies war ein Wunder. Er traf gar keine Entscheidung – und doch war es so. Es war ein

Mysterium, ein lebendiger *Vorgang*. Es schien, als würde die Entscheidung ihm abgenommen, und doch wuchs sie *in ihm*, gerade dadurch, dass er so sehr Saskias Wesen in sich aufrief. Er spürte, wie diese Entscheidung wirklich eine Art Wachstumsprozess war, wie dieser Prozess aus seinem tiefsten Inneren hervorwuchs; wie dieses Innerste eine wirklich heilige Sphäre war, die unerschütterlich war. Und er spürte in einer erschütternden Gewissheit, dass dies *zugleich* die Wirkung einer anderen Wesenhaftigkeit war, die ihm half. Dass er diese Entscheidung, diesen Prozess nicht *allein* zu einer Wirklichkeit führte, sondern dass inmitten dieses Wachstumsmysteriums eine warme, sonnenhafte, lichte Wirksamkeit tätig war, die nicht anders als ein Wesen erlebt werden konnte. Und er wusste, welches Wesen dies war...

*

Er wusste nicht, wie lange er so gestanden hatte. Doch als er wieder zu gehen begann, wusste er, dass er das scheinbar Unbesiegbare überwunden hatte – dass er zumindest den ersten, entscheidenden Sieg darüber erlebt hatte und dass alles Weitere nun vor allem eine Folge seiner Wachsamkeit und Wahrhaftigkeit werden musste. Das wahrhaft Unbesiegbare und das über alles Siegende war die wahre Liebe, das wusste er nun. Und er musste auch nicht mehr die Beziehung zu jenem Wesen suchen, das diese Liebe in ihrer vollen Wirklichkeit umfasste und war ... er musste diese Beziehung nur noch hüten und bewahren...

*

In dieser Nacht hatte er wiederum einen Traum. Wiederum ging Saskia ihm voraus auf einer sommerlichen Wiese, in einem langen weißen Kleid. Wieder sah sie sich von Zeit zu Zeit nach ihm um, lächelnd, voller Vertrauen. Schließlich waren sie nach langer Wanderung an dem Ziel angekommen, wohin sie ihn führen wollte. Und auf einmal saß sie da neben einer anderen Frauengestalt, von der er wusste, dass es Maria war. Glücklich strahlte sie ihm entgegen, und auch Maria lächelte mit segnenden Augen...

Als er am nächsten Morgen erwachte, lebte der Traum der vergangenen Nacht noch immer in seiner ganzen Seele. Er war erfüllt von einem reinen, milden, heilenden und tiefen Frieden – und von tiefster Dankbarkeit...

Er sah aus dem Fenster. Auch dieser Tag war ein Sonnentag. Er fragte sich, ob er bleiben oder abreisen sollte. Der eigentliche, tiefe Sinn seiner Reise war erfüllt, das wusste er. Er dachte an seine Familie, zu der er zurückkehren würde. Er dachte an die Worte der alten Frau und erlebte, dass er auch ihnen gegenüber vielleicht noch eine Verpflichtung, eine Aufgabe hätte, die er ergreifen müsste – wenn er es wollte. Was diese Aufgabe war und wie sie sich gestalten könnte, das wusste er noch nicht. Eine wirkliche Perspektive für seine Ehe sah er nicht mehr, es ging ihm vor allem um die rein menschliche Beziehung; um die Frage, was zwischen Felicia und ihm in diesem Leben, in den nächsten Monaten, noch gelöst und vielleicht ein wenig geheilt werden konnte und was nicht.

Aber musste er diese Frage sofort angehen? Oder waren diese zwei Wochen nicht trotz allem ein Geschenk, das er auch annehmen können musste, in seinem ganzen Umfang? Lagen nicht noch viele Bücher vor ihm und wollten gelesen und aufgenommen werden? War dies nicht eine ideale Zeit, ein Geschenk jenseits aller anderen Zeit, fast sogar jenseits von Raum und Zeit – vollkommen geschenkte Ruhe, um etwas zu tun, was man sonst nie in solcher Ruhe würde tun können?

Er entschied sich, zu bleiben und sich ganz auf Rudolf Steiner zu konzentrieren. Er würde weiter eintauchen in die Fülle dessen, was Steiner über das Christus-Wesen und das Wesen des Christentums gesagt hatte...

Während die Fähre ihn wieder dem Festland zutrug, gedachte er erfüllt der zurückliegenden zwei Wochen. Er würde die Wanderungen am Strand vermissen, die Einsamkeit des kleinen Zimmerchens, in dem er so intensiv studiert hatte wie noch nie in seinem Leben.

Noch einmal hatte er kurz vor seiner Abreise die alte Frau besucht und ihr in unbeholfenen Worten geschildert, was geschehen war, und ihr gedankt. Es war danach auch diesmal kein langes Gespräch darauf gefolgt, aber sie hatte in stiller Freude dieses Wunder hingenommen und als Bestätigung der Wege des Herrn gesehen. Noch einmal hatte sie ihm mit ihren Worten gleichsam einen Segen mitgegeben, und wenn er diese in seiner Erinnerung heraufrief, empfand er noch immer ihr stärkendes Leben...

Während draußen die Wellen an ihm vorbeizogen und ab und zu eine Möwe sichtbar wurde, bevor sie wieder aus dem Blickfeld verschwand, dachte er an die Wandlungen dieser beiden Wochen. Er verließ die Insel als ein anderer Mensch. Jetzt erst verstand er diese Redewendung – sie war schlicht und einfach eine Realität geworden. Noch immer liebte er Saskia zutiefst – aber es war ein anderer Mensch, der sie nun liebte. Er wusste noch genau, ‚wo' das Empfinden saß, was er zuvor auch noch gehabt hatte, und er wusste sogar, dass er wieder dorthin zurückkehren könnte, es diesem Empfinden gestatten könnte, sich wieder auszubreiten und seine Seele zu erfüllen, gleichsam in alle Poren zu dringen. Aber er würde sich davor hüten und davor wachen, dass dies nicht geschah. Er wusste, dass es bei dem Wiedersehen mit ihr ohnehin möglich war, dass diese Empfindungen ihn wieder anfallen würden, um ein Herrschaftsrecht in seiner Seele zu bekommen. Aber er würde wissen, wie er sich zu ihnen verhalten können würde, um sie trotz allem dort zu halten, wo sie jetzt verschlossen waren.

Ihm war deutlich, dass er mit dieser Wandlung, mit dieser Entscheidung auch etwas verloren hatte, und ein Teil seiner Seele vermisste dieses Verlorene gleichsam wie eine sich entfernende Erinnerung noch immer – aber auch dieser Teil gehörte mit zu dem, was sich entfernte und immer leiser wurde. Das Verlorene stand in keinem Verhältnis zu dem, was er gewonnen hatte: den tiefen Frieden einer stillen, reinen Liebe, die dem Mädchen galt, das er so liebte – und das er nun nicht anders liebte, als es wirklich war und immer sein würde. Er liebte sie nicht mehr von *sich* aus, er begehrte nichts mehr; er liebte nur noch sie, während sein Inneres, das nicht ganz und allein diese reine Liebe war, völlig schwieg...

Es war, wie wenn sein Begehren zuvor so gewesen war wie jene Wellen, die an ihm vorüberzogen. Heftige Wellen, die aufschäumten und wieder niederschlugen. Nun liebte nur noch das große, weite Meer *unterhalb* der Wellen. Vorher hatte er gefürchtet, ohne die Wellen würde er das Meer verlieren. Aber die Wellen hatten sich nur eingebildet, sie wären das Meer. Ohne sie lag das Meer erst wirklich in seiner ganzen Größe und Tiefe da und konnte sogar den Himmel in sich aufnehmen...

Von nun an würde er Saskias Wesen noch viel tiefer wahrnehmen, aufnehmen und lieben können als je zuvor.

Er dachte an den toten Vogel am Meer. Und plötzlich fiel ihm ein, dass Saskia Tiere so sehr liebte. Der Vogel war gestorben und hatte in seiner ganzen Schönheit und Vergänglichkeit dagelegen, gleichsam für ihn; und als er bei ihm gekniet hatte, hatte langsam jene Wandlung begonnen, durch die die reine Liebe wahrhaft zum Leben erwachen hatte können... Noch im Tode hatte der Vogel ihm geholfen, dass auch er sein Begehren zu Grabe tragen konnte und so das wirkliche Leben finden durfte. Noch das geringste Geschöpf war ein Diener jenes unermesslichen Wesens, das ihm dann bis ins Allerinnerste seiner Seele der wahre Helfer gewesen war...

Und wie sehr hatten ihm dann die verbliebenen Tage noch geholfen, dieses Wesen, dessen Wirken er bereits *erlebt* hatte, immer mehr und immer tiefer auch mit seinem Denken zu verstehen. Wie sehr war Rudolf Steiner ein Wegbereiter dieses tiefen, immer umfassenderen Verstehens – und damit ein Wegbereiter und allergrößter Diener dieses Wesens selbst!

Und wer hatte nun wem geholfen? Saskia hatte ihm geholfen, wirklich einen Zugang zu Steiners Anthroposophie zu finden. Diese hatte ihm geholfen, einen Zugang zum Christus-Wesen zu finden. Dieses hatte ihm geholfen, seine Liebe zu Saskia zu heiligen. Aber ohne Saskia hätte er auch den Christus nie gesucht. So stand immer wieder sie im Mittelpunkt, und er wusste, dass sie es war, der er alles verdankte – und er wollte nichts anderes.

Und doch gab es noch das Größere. Ohne das Christus-Wesen wäre er seiner ‚gemischten' Liebe für immer ausgesetzt gewesen. Und dann gab es noch den ‚Zufall' ihrer Begegnung. Auch dies könnte man Saskia verdanken, doch war dies der kleine Blickwinkel. Der viel größere waren die ‚Wege des Herrn'. Warum war er gerade zu jener Zeit auf die Suche gegangen? Warum war er überhaupt gerade an jenem Tag in die Buchhandlung gegangen, als sie dort arbeitete?

Saskia hatte er alles zu verdanken, was in seinem Leben Wert hatte: das war sie selbst und dann seine Begegnung mit der Anthroposophie und mit der Realität des Christus-Wesens. Aber er war bereit, Saskia selbst dem Wirken dieses Wesens zu verdanken – und er fühlte immer mehr, dass es nur so sein konnte.

*

Als er nach Hause kam, war seine Frau außergewöhnlich schweigsam. Sie war nicht wirklich zugänglich, aber sie war auch nicht so verletzend wie sonst immer. Aus der ganzen Stimmung, die er wahrnahm, stellte er fest, dass das bisherige Leben an einen Endpunkt angekommen war. Niemand sprach darüber, aber es war deutlich, dass die Weihnachtszeit für die drei Menschen furchtbar gewesen sein musste. Soviel er es verstand, hatten die beiden Kinder mehr oder weniger das Weite gesucht und, wann immer sie konnten, Zeit bei Freunden verbracht oder sich in ihr Zimmer zurückgezogen.

Bei seiner Rückkehr waren sie beide ebenfalls in ihren Zimmern. Indem er sie einzeln begrüßte, ergaben sich kleine Gespräche mit ihnen. Er stellte fest, dass er auch hier zuhause noch immer der andere Mensch geblieben war, der von der Insel zurückkehrte. Er musste gar keinen besonderen Mut oder eine besondere Energie aufbringen, um gegenüber seinem Sohn auf einmal ein anderes Verhältnis zu empfinden, in dem dieser ihm noch nicht über den Kopf gewachsen war, obwohl er äußerlich tatsächlich längst größer war als er.

Er war selbst verwundert, wie sich sogar mit seinem Sohn ein echtes kleines Gespräch ergab und auch dieser dieselbe Veränderung wahrzunehmen schien, die ihm selbst bewusst war.

Diese beiden Gespräche mit seinen Kindern gaben ihm eine erste Ahnung, dass nicht nur er ein anderer Mensch geworden war, sondern dass sich damit *alles* ändern würde.

Was genau dies heißen würde und wie weit die Veränderung gehen konnte, das vermochte er noch nicht zu sagen...

Der Tag ihres Wiedersehens war gekommen.

Sie hatten sich wieder im ‚Robins' verabredet. Es war jedoch noch früh, fünfzehn Minuten vorher, und so beschloss er, ihr langsam entgegenzugehen, die Altstadt hinauf.

Es war ein grauer, kalter Januartag gewesen. In den Ecken lag noch verkrusteter Schneematsch getauter und wieder gefrorener Reste des letzten Schneefalls am Tag vor seiner Rückkehr. Es war längst dunkel, doch war die Fußgängerzone noch immer belebt. Die Geschäfte hatten gerade erst geschlossen, und auch sonst war dieser Weg sehr beliebt.

Was würde dieses Wiedersehen von ihrer Seite bringen? Er dachte an ihre drei Begegnungen, und von neuem stieg die Liebe zu ihr stark und gegenwärtig in ihm auf – die neue, reine Liebe. Er hielt die Augen offen, um sie nicht zu verfehlen, und ging doch sehr langsam und voller Erinnerungen.

Die Erinnerung an das Chili con carne und den Fisch stieg in ihm auf. Er hatte den Fisch tatsächlich mit bezahlen müssen. Die Bedienung hatte gesagt, dass es ihr leid tue, aber er hatte sie beruhigt. Saskia hatte nochmals gesagt ‚Sehen Sie?', und er hatte ihr nochmals gesagt ‚Trotzdem...'

Da sah er sie, wie sie etwa zehn Meter entfernt die Straße hinunterkam. Sein Herz machte einen Sprung.

„Saskia!"

Jetzt hatte sie ihn auch gesehen und beschleunigte ihren Schritt.

„Hallo!", sagte sie, als sie bei ihm war und sah ihn strahlend an.

Am liebsten hätte er sie umarmt. Ein Händedruck erschien ihm auf einmal so ganz und gar unpassend. Einen Moment lang standen sie verlegen voreinander. Dann reichte er ihr herzlich die Hand und nahm die ihre wiederum in seine beiden Hände.

Indem sie sich zum Weitergehen wandten, fragte er mit tiefster Zuneigung und Interesse:

„Wie geht es dir, Saskia?"

„Ach", erwiderte sie glücklich, „mir geht es wunderbar! Ich habe Ihnen viel zu erzählen! Und Sie? Wie geht es Ihnen?"

Sie sah ihn von der Seite an.

Wieder erfüllte ihn jede kleine Geste von ihr mit dem tiefsten Glück – und doch schwieg jenes Empfinden, das all dieses Erleben bis dahin immer mit durchdrungen hatte. Staunend bemerkte er dies wie nebenbei, und doch stieg angesichts dessen eine unendliche Dankbarkeit in ihm auf.

„Ja – mir geht es auch wunderbar. Auch ich habe dir viel zu erzählen!"

Noch immer sah sie ihn an, nun mit einem leicht fragenden Ausdruck in ihren Augen. Er wusste, dass sie die Veränderung unmittelbar wahrnahm. Ihm wurde bewusst, wie unendlich fein man überhaupt alles wahrnahm. Ohne dass etwas gesprochen wurde, wusste er, was *sie* wahrnahm – war dies nicht alles ein großes Wunder? Die Dankbarkeit darüber, dass er ihr Wesen und Sein so unendlich fein wahrnehmen durfte, wurde nur noch größer...

„Was denken Sie gerade?", fragte sie vorsichtig.

„Warum fragst du?", erwiderte er lächelnd.

„Weil Sie so glücklich und so ... *ruhig* aussehen. So zufrieden..."

„Sollte ich das nicht sein?"

„Doch, aber... Vielleicht ist es nicht das richtige Wort. Sie sehen aus, als ob Sie nicht zwei Wochen, sondern zwei Monate Urlaub gemacht hätten... Nein – ich kann es einfach nicht erklären."

„Ist schon gut, ich weiß, was du meinst. Ja, du hast Recht. Und genau darüber habe ich gerade nachgedacht – über das, was man aneinander alles wahrnimmt, so fein, so genau! Es ist ein großes Wunder, und es ist so schön..."

„Und was nehmen Sie an *mir* wahr?", fragte sie ausgelassen, prüfend.

„Ich habe an dir wahrgenommen, dass du an mir eine Veränderung wahrgenommen hast – noch bevor du deine Frage gestellt hast, habe ich es unmittelbar in deinen Augen gesehen."

„Ja – und was nehmen Sie an *mir* wahr?"

Er sah sie an.

„Nur, dass du sehr fröhlich bist..."

„Das ist ja nicht sehr fein und genau", neckte sie.

Er musste lachen.

„Nein – tiefer in dein Inneres hineinschauen kann ich nicht. Das kannst nur du mir offenbaren."

„Das ist gut, dass Sie kein Hellseher sind. Sonst hätte man gar nichts mehr zu erzählen. Aber da Sie es nicht sind ... müssen Sie sich noch ein klein wenig gedulden!", neckte sie weiter.

„Ich merke, dass es dir wirklich sehr gut geht!", kommentierte er.

„Ja, sehr aufmerksam – aber noch immer kein Hellsehen."

Er musste innerlich lächeln. Auch mit ihr war irgendeine Verwandlung vorgegangen. Nur wusste er noch nicht, welche.

Schließlich waren sie an dem Ort ihrer Verabredungen angekommen. Zum ersten Mal kamen sie hier gemeinsam an. Er ließ ihr den Vortritt und stieg hinter ihr die Treppe hinunter. Er sah ihre Bewegungen, empfand aus dieser ungewohnten Perspektive wiederum ihr geliebtes Wesen...

Als sie die Winterjacke ablegte und über den Stuhl hängte, als sie sich hinsetzte, in ihrer einzigartigen Weise, fühlte er, wie er kurz kämpfen musste, um nicht wiederum den heftigen Wellen anderer Empfindungen Einlass zu geben.

Und wie schön schien sie in diesen zwei Wochen geworden zu sein! Erst hier, in dem Licht des Kellerraumes sah er, dass sie geradezu aufgeblüht zu sein schien. Er bemerkte es mit einem tiefen Staunen, aber seine Seele war wieder ruhig wie das Meer unterhalb der Wellen...

„Wollen wir wieder etwas essen?", fragte er lächelnd. „Wir haben doch ganz sicher etwas zu feiern."

„Ja, aber später. Jetzt wissen wir doch noch gar nichts."

„Gut, das ist mir sehr recht. Dann erzählen wir uns erst..."

„Sie müssen anfangen!", entschied sie.

„Aber nicht alles auf einmal", erwiderte er. „Wir wechseln uns ab."

„Gut."

Sie strahlte ihn mit lächelnden, tief gespannten Augen an...

Verwundert fragte er sich, wie sich seine früheren Gefühle eigentlich genau angefühlt hatten. Und warum war es ihm nur so schwer oder gar unmöglich gefallen, Saskia ganz ohne sie zu lieben? Einmal mehr erlebte er, dass er dadurch nichts verloren hatte. Das Glück war genauso groß – nun war es jedoch zugleich von tiefstem Frieden erfüllt. Friedvolles Glück, das in tiefste Tiefen sinken konnte...

„Ich war wirklich zwei Wochen auf einer einsamen Nordsee-insel und habe meine Tage in einem winzigen Zimmerchen und auf einsamen Strandspaziergängen zugebracht, allein mit den Möwen, und doch nicht allein."

Sie hörte zu, das Lächeln war einer tiefen, Anteil nehmenden Aufmerksamkeit gewichen, die sich in unendlicher Schönheit in ihren Augen spiegelte. Er hoffte mit seinem ganzen Wesen, dass sein Blick diesen Augen noch oft würde begegnen dürfen...

„Nicht allein...", wiederholte er nachdenklich. „Du warst immer bei mir Saskia. Ich weiß, ich darf das eigentlich nicht sagen. Aber jetzt darf ich es, weil das, was du mir durch deine Bitte verboten hast, von mir selbst überwunden worden ist. Die Weihnachtstage waren im Grunde ein ungeheurer Kampf gewesen, den ich dir nicht schildern werde – aber das ungeheure Geschenk dieses Kampfes, den ich schließlich gewinnen durfte, das ... bist du, aber du, wie du wirklich bist, nicht du, wie es sich mit meinen Vorstellungen, meiner Sehnsucht und so weiter vermischt hat. Ich bin wirklich ein anderer Mensch geworden, ich erlebe es selbst so, so groß die Worte sich auch anhören mögen. Das Geschenk dieses Kampfes ist eine völlige Reinheit meiner Gefühle gegenüber dir. Ich liebe dich noch immer, zutiefst. Aber du brauchst vor diesen Gefühlen keine Angst mehr zu haben. Sie sind absolut rein, sie sind geheiligt... Ich bin kein Heiliger, und doch sind meine Gefühle dir gegenüber ... nicht mehr unheilig, haben auch nichts Unheiliges mehr."

Er sah sie an. Nicht Erleichterung sah er in ihren Augen, sondern ... Mitleid!
„Es tut mir leid, dass Sie wegen mir ... dass Sie es wegen mir so schwer hatten."
Sie dachte überhaupt nicht an sich. Immer wieder wurde er von ihrem Wesen zutiefst berührt, ja erschüttert.
„Nein, Saskia. Dir muss überhaupt nichts leid tun. Wie schwer mein Ringen um mein inneres Verhältnis zu dir auch gewesen sein mochte – ich bedaure keine Sekunde davon, denn es war immer und von Anfang an tiefstes Glück, dir begegnet zu sein. Es tut mir nur leid, dass es *dir* zunächst wegen mir so schwer war..."
Sie wehrte ab.
„Nein, das war es doch auch nicht... Ich meine, das war es schon ein bisschen, aber Sie haben mir zugleich so viel gegeben. Das Andere habe ich so schnell fast völlig vergessen..."
„Du bist wirklich ein besonderer Mensch, Saskia."
„Sie aber auch!"

Er lächelte in tiefer Liebe.
„Gut, genug unserer Lobpreisungen. Jetzt bist du dran, Saskia. Was hast du erlebt?"

Ihr Gesicht blühte auf wie eine Sonne, staunend berührte diese Wahrnehmung seine ganze Seele, da sagte sie schon leise: „Ich habe einen Freund gefunden...“

Ihre Worte und wie sie diese aussprach, erfüllten sein Herz mit einem völlig unerwarteten Glück. Das Glück und seine Tiefe waren *so* unerwartet, dass sein Herz begann überzuströmen, und nicht nur sein Herz – auch in seinen Augen standen Tränen. In größter Tiefe erlebte er zum ersten Mal, was es hieß, wirkliche Mitfreude zu empfinden, absolute, tiefste Mitfreude...

„Sind Sie – sind Sie ... traurig?“, fragte sie erschrocken und erschüttert.

„Nein, Saskia!“, sagte er schnell. „Nein, ich freue mich so sehr für dich – ich bin glücklich...! Tut mir leid...“

Er wandte sich ab und holte ein Taschentuch hervor, aber die Tränen wollten nicht aufhören zu strömen...

Als er sich ihr schließlich wieder zuwandte, blickte er in die schönsten und größten Augen, die er je gesehen hatte. Auch in ihnen glänzte es. Großes, glänzendes Mitleid, große, unschuldige Scham...

„Es tut mir so leid“, sagte sie. „Es tut mir so unendlich leid, dass ich dachte, Sie wären darüber traurig! Können Sie mir ... können Sie mir verzeihen?“

„Ach, Saskia...“

Wieder quoll ein neuer Strom von Tränen aus seinen Augen.

„Wann wirst du je verstehen, dass ich dir niemals irgendetwas zu verzeihen brauche? Du kannst überhaupt nichts Schlimmes tun! Alles – alles, was du tust, ist ein Wunder an Schönheit...“

„Das stimmt doch aber nicht...“

„Doch, Saskia, es stimmt. Bitte glaub es nur...“

Große, fragende Augen...

Er sagte:

„Ich bin glücklich, Saskia. Dein Glück ist mein Glück. Das zu erleben, ist wiederum allergrößtes Glück. Eine andere Liebe ist keine wahre Liebe. Und nun erzähle ... wie hast du einen Freund gefunden?"

„Auch das war ein Wunder", sagte sie. „Und dieses Wunder habe ich Ihnen zu verdanken, ganz allein Ihnen."
Nun war es an ihm, innerlich große Augen zu machen. Es hatte wohl mit seiner Ermutigung zu tun?
„Nur wegen Ihnen bin ich am Heiligabend tatsächlich in die Kirche gegangen. Und dort geschah das Wunder – in der Kirche am Heiligabend, ist das nicht unglaublich?"
Sie sah ihn an, es war eine echte Frage. Aber mit verklärtem Gesicht erzählte sie weiter.
„In der Kirche, beim Gottesdienst, sah mich ein Junge. Er saß in einer ganz anderen Bank, aber er hatte mich gesehen, beim Hinausgehen. Er lief mir hinterher, und dann draußen vor dem Kirchentor erreichte er mich... Ich kannte ihn, aber ich wusste nicht, dass er mich schon so lange liebte! Können Sie sich das vorstellen?"
Er sah sie fragend an. Was war dies für ein Mysterium?
„Er ging in die Parallelklasse unserer Schule. Er war sehr ruhig und oft für sich allein. Ich mochte ihn, er hat mir gefallen, aber ich hatte nie mit ihm zu tun. Und natürlich wäre ich nie auf die Idee gekommen, mich mit ihm zu unterhalten, Sie wissen ja... Nie hätte ich geglaubt, dass er sich auch für mich interessiert. Und nicht nur das. Seit über zwei Jahren liebte er mich innig – aber auch er hätte nie gewagt, mich anzusprechen.
Doch dann war das Abitur abgeschlossen, die letzten Tage der Schule kamen. Er litt unendlich, und doch wagte er es nicht. Dann begann ich, in einer anderen Stadt zu studieren, und er dachte schon, er würde mich nie wiedersehen – wie auch, wenn er nicht den Mut hatte, mich anzusprechen? Und dann hatte er mich an jenem heiligen Abend in der Kirche dennoch erblickt, und in Verzweiflung und ohne jeden Zweifel rannte er mir hinterher, um mich nie wieder loszulassen...

Wir küssten uns noch vor der Kirche. Ich kann mein Glück nicht beschreiben..."

Sein unendliches Staunen führte ihn ganz von selbst zu einem unmittelbaren Gedanken: die Wege des Herrn.

„Nein, Saskia, mir verdankst du dies nicht. Es gibt ein allerhöchstes Wesen, dem wir solche Wunder einzig und allein verdanken. Du bist ein so einzigartiger Mensch, dass dir und deinem gewiss ebenso ganz besonderen Freund dieses einzigartige Wunder zuteil wurde – und noch dazu am heiligen Abend... Gesegnet bist du, Saskia, und du hast es verdient..."
Verwirrt, fast bestürzt sagte sie:
„Aber ... aber was sagen Sie denn da? Ich dachte ... ich dachte, Sie glauben nicht an Gott. Und nun sprechen Sie so ... so seltsam...?"
„Wenn man die Realität jenes Wesens *erlebt*, das der tiefste Grund jeder Liebe und jedes Wunders ist, dann braucht man nicht mehr zu glauben, Saskia. Und ich habe diese Realität erlebt. Ich war es nicht allein, der den Kampf gewonnen hat, den ich vorhin beschrieb. Wirklich nicht, Saskia. Ich habe ein Wesen erlebt, das mir *half*, diesen Kampf zu gewinnen, an dem ich sonst bis in alle Ewigkeit gescheitert wäre... Und ich weiß, wer dieses Wesen ist..."
Ehrfürchtig schwieg sie. Allmählich wandelte sich der Ausdruck ihrer Augen in Traurigkeit.
„Liebe Saskia – was ist?"
„Ach", sagte sie traurig. „Ich wünschte, ich hätte dies auch erlebt... Aber der Gottesdienst selbst war ganz anders, als ich erwartet hatte. Ich habe dort nicht erlebt, was ich gesucht habe..."
Voller Liebe und Mitleid ging er mit ihrem Gefühl mit, vollzog jede kleinste Regung ihres Blickes, ihres Antlitzes...
„Ach, Saskia, lass dich davon nicht betrüben. An den Worten des Pfarrers magst du das Gotteswesen, das Christus-Wesen nicht erlebt haben. Und doch ist ja dieses selbst am heiligen

Abend zu dir gekommen! Kannst du das nicht verstehen? Du hast Gott gesucht – aber er ist *zu dir* gekommen! Unsichtbar, unbemerkt, und so, dass du darüber hinwegsehen könntest. Aber du musst lernen, *nicht* darüber hinwegzusehen. Man könnte meinen, das hätte auch so geschehen können. Und doch gibt es jenes Wesen, das all diese Wege führt und hütet, das diese Wunder möglich macht, das bei uns ist!"

„Ja, das hat Leon auch geglaubt..."

„Und warum glaubst du es dann nicht, Saskia?"

„Ich glaube es ja", sagte sie und sah ihn voller Glück an. „Ich glaube, ich habe es zu sehr im Gottesdienst selbst erwartet. Aber der Pfarrer kann ja nichts dafür... Ihnen glaube ich es. Denn ich erlebe, dass Sie nicht nur glauben, sondern wissen. Und nun glaube ich auch Leon..."

Nach einem kleinen Schweigen sagte sie:

„Aber wieso weiß es der Pfarrer nicht? Er müsste es doch vor allen anderen wissen?"

„Vielleicht ist der Mut, es zu sehen, zu spüren, zu erkennen, viel zu schwach geworden. Ich bin auf jener Insel einer alten Frau begegnet, deren lebendiger Glaube mich zutiefst erschüttert hat. Auch sie hat mir geholfen, meinen Kampf zu gewinnen und zu dem Augenblick geführt zu werden, wo ich die Wirklichkeit jenes Wesens erleben durfte. Und sogar ein toter, am Strand liegender, noch im Tode wunderschöner Vogel half mir dabei. Das alles werde ich dir später einmal noch viel ausführlicher erzählen... Nur zweifle nicht daran, dass das höchste Gotteswesen, das zugleich die Liebe selbst ist, an jenem heiligen Abend dir ganz nah war und dass es eure Wege führte. Du wirst deinen Weg zum Glauben an Gott finden, das verspreche ich dir. Ich habe dir noch viel, viel zu erzählen. Zwei Wochen lang bin ich Tag für Tag einem immer größeren Verstehen dieses Gotteswesens entgegengegangen – und tat dies alles aus Liebe zu dir, um es dir wiederzubringen: alles, was ich aufnahm, und dazu eine reine, geheiligte Liebe..."

Wieder weiteten sich ihre Augen vor ungläubigem Staunen.

„Aber ... wieso *tun* Sie das alles für mich...?"

„Vor dem Mysterium der Liebe kann man nur staunend stehen. Ich könnte mich das Gleiche fragen, aber ich tue es nicht. Ich erlebe das ganze, tiefe Geheimnis der Liebe – und die Liebe fragt nicht, sie tut, was sie tut... Wir sollten uns fragen, warum Christus das alles tat, was er tat – und wir sollten versuchen, die Größe *Seiner* Liebe zu begreifen und uns von ihrer realen Unendlichkeit erschüttern zu lassen. Das Gotteswesen wurde Mensch, und es starb, nicht für *einen* Menschen, sondern für *jeden* einzelnen Menschen. Und seit es den Tod überwand, ist es bei uns, bei jedem Einzelnen von uns, und bei uns allen und zwischen uns, mit uns, fortwährend.

Gott ist die Liebe. Was ich für dich tue, tue ich, weil ich dich liebe. Und insofern meine Liebe rein ist, tue ich alles, weil Gott starb und den Tod überwand. Ohne Ihn könnte ich nichts tun. Ohne Ihn gäbe es keine reine Liebe auf der Welt. Dir und Ihm verdanke ich meine ganze Liebe. Wenn du fragst, warum ich dies für dich tue, dann sage ich: Weil du bist, wer du bist, und weil ich diesen Menschen liebe – und weil es jenes Wesen gibt, das mir half, meine Liebe rein werden zu lassen; das sogar schon zuvor den reinen Teil meiner Liebe in mir erweckt hatte. Ich glaube, ohne Ihn gibt es nicht den geringsten Funken reiner Liebe. In allem, was an Liebe rein ist, erleben wir immer auch *Ihn*, ob wir es wissen oder nicht. Er ist wirklich bei uns, Saskia, fortwährend. Er ist das Licht der Welt, die Sonne in allem..."

„Es ist so schön, wie Sie von diesem Wesen sprechen. Sie müssen mir unbedingt noch so viel erzählen, was Sie alles erlebt und getan haben in diesen zwei Wochen. Aber...", sie sah ihn an, „ich bin trotzdem zutiefst berührt von dem, was Sie für mich tun. Es klingt so, als würden Sie bescheiden

alles von sich weisen und ... Christus verdanken. Vielleicht
ist das so. Ich glaube Ihnen! Und doch tun *Sie* es. Sie tun es,
für mich – und das werde ich nie vergessen. Das verspreche
ich Ihnen... Ich bin so berührt von dem allen..."
Sie wischte sich verstohlen eine Träne ab.
Er sah sie nur an, und sein Staunen, seine eigene Rührung
und sein Glück in der Gegenwart ihres Wesens nahmen kein
Ende.

*

Später, als sie gemeinsam einmal mehr das schmackhafte ve-
getarische Chili con carne aßen, fragte Saskia zögernd:
„Darf ich jetzt etwas fragen?"
„Natürlich – du darfst immer alles fragen."
„Ja, aber ich ... möchte jetzt fragen, warum Sie gerade *mich*
lieben. Warum mich? Darf ich ... das fragen?"
„Ja. Willst du mir vorher sagen, warum du das jetzt fragst?"
„Ich ... habe es gleich am Anfang einmal gewagt zu fragen.
Aber da habe ich nicht verstanden, was Sie sagten. Sie haben
gesagt, die Art, wie ich bin, wie ich mich bewege, wie ich ein
Stück auf die Menschen zugehe und dann doch nicht. Aber
das kann doch nicht der einzige Grund Ihrer Liebe sein? Das
kann doch nicht der Grund dafür sein, dass Sie das alles für
mich tun?"
Er nickte.
„Ja, du hast Recht. Aber sieh mal, ist es nicht immer ein großes Rätsel, warum man sich verliebt? Wie ist es bei Leon dir
gegenüber? Und wie ist es für dich bei Leon?
Leon hat das gleiche Mädchen wahrgenommen wie ich. Warum man sich verliebt, das ist etwas, was man nicht beschreiben kann, weil man es selbst nicht voll versteht. Aber
es ist ein umfassender Eindruck von dem Wesen eines Menschen. Manches kann man dann beschreiben – etwa die Art,
wie du empfänglich und zugänglich und leise abweisend zu-

gleich bist, wenn du jemanden nicht kennst. Dies kann einen tief berühren. Aber warum tut es das? Weil dahinter dein ganzes Wesen steht. *Dieses* ist es, was einen berührt, aber man kann es nicht in Worte fassen. Man nimmt zunächst nur ein solches Detail war – und schon dies berührt einen dann unendlich. Aber vielleicht berührt es auch nicht jeden, sondern nur jenen einen Menschen, dessen Schicksalsweg sich mit dem anderen verbinden will, weil ihre Wege schon in früheren Leben verbunden waren. Das würde bedeuten, dass jede tiefere Berührung zugleich ein Wiedererkennen ist, ein tiefes Erinnern einer Liebe, die schon in früheren Leben bestand.

Und doch kann ich inzwischen beschreiben, was noch zu deinem Wesen gehört, das ich inzwischen so gut kennenlernen durfte, Saskia. Ich habe mich auf den ersten Blick in dein Wesen verliebt – aber wirklich kennenlernen durfte ich es dennoch erst danach. Und dieses Kennenlernen hat den ersten Augenblick sozusagen *bewiesen*, verstehst du?

Hinter deiner leisen Unsicherheit, die selbst schon so berührend, so bezaubernd ist, steht eine ganz große Fähigkeit, jenen Menschen, die du näher kennenlernst, zu vertrauen, in aller Tiefe und Offenheit, grenzenlos. Das ist erschütternd zu erleben, Saskia! Und damit verbunden ist deine Fähigkeit, mitzufühlen, zu staunen, nicht an dich zu denken, sondern an den Anderen. Es ist ein wunderbares, unschuldiges Wesen, das du hast, Saskia. Und *dieses* ist es, das ich so unendlich liebe. Dein ganzes Wesen, an dem es nichts gibt, was nicht liebenswert wäre...“

Sie schwieg... Und auch das verstand er wieder so gut.

„Ich glaube“, sagte er, „das, was du in so wunderbarer Weise hast, ist überhaupt die Grundlage für alle menschliche Begegnung. Die meisten Menschen haben all dies nur in begrenztem Maße. Irgendwo ist eine Grenze. Aber bei dir scheint diese Grenze ganz weit weg zu liegen, irgendwo... Du hast mit allem, was ich an dir erlebe, eine wunderschöne Seele, tief wunderschön. Wie sollte man sich darin nicht verlieben? Und ich sagte dir schon mehrmals: Wer das nicht sieht, ist blind, denn es ist *da*! Und deswegen ist es so schön, dass Leon dies schon so lange gesehen hat. Es ist nicht wichtig, dass viele Menschen es sehen. Es ist wichtig, dass es der *Eine*, der Richtige sieht... Und dieser hat dich jetzt gefunden, und er hatte den Mut, es dir zu sagen."

„Ja...", sagte sie leise.

Dann sah sie ihn an und sagte:

„Danke..."

„Wofür?"

„Für alles..."

„Siehst du, das ist auch so etwas Wunderbares. Wenn man immer wieder dankbar sein kann. Immer wieder neu staunen kann über das, was einem geschenkt wird, und Dankbarkeit empfinden kann, immer wieder. Dadurch erfüllt sich das Leben mit Glück. Das ist das Geheimnis des Glücks. Und das ist das Geheimnis der Liebe. Wer liebt, kann sich immer wieder wundern und dankbar staunen. Und wer dies kann, der kann immer wieder neu lieben... Verliere dies nie, Saskia..."

„Sie aber auch nicht!"

Er lächelte.

„Das klingt jetzt schon fast wie Abschiedsworte."

„Nein!", widersprach sie, fast erschrocken. „Sie wollten mir doch noch so viel erzählen. Über die alte Frau. Über das Verstehen des Gotteswesens. Über den toten Vogel. Das müssen Sie wirklich machen!

Und vielleicht wollen Sie mit mir am Wochenende ins Kino gehen? Es läuft gerade ein Film, den ich mir so gerne anschauen würde. Es ist nur ein Naturfilm, aber er ist glaube ich sehr, sehr gut..."

„Ja, sehr, sehr gerne. Ich werde sehr gerne mit dir ins Kino gehen – und dir auch nach und nach alles erzählen. Ich bin für jede einzelne Begegnung mit dir zutiefst dankbar. Und doch brauchst du dich niemals zu etwas verpflichtet zu fühlen. Aber wie schön, wenn du es selbst auch willst, Saskia! Aber – wie geht es eigentlich mit dir und Leon weiter? Wie weit weg wohnt er denn eigentlich von dir?"

„Oh, er und meine Eltern wohnen etwa hundertfünfzig Kilometer von hier. Aber er wusste noch nicht genau, was er nach der Schule machen will. Er wollte erst ein Praktikum machen. Nun ist er fest entschlossen, ebenfalls hier zu studieren – entweder auch Tiermedizin oder vielleicht Biologie. Er wird sich noch in diesen Tagen bewerben, um dann zum Sommersemester anfangen zu können. Bald wird er also hier sein. – Wenn er wirklich auch Tiermedizin studieren würde..."

Ihre Augen bekamen einen verklärten Ausdruck.

„Wäre das nicht großartig?"

Sie sah ihn an. Er nickte.

„Ja – er würde dir in jedem Fall den Mut geben, den du im Grunde selbst auch hast... Er würde dir helfen, jene Tierärztin zu werden, die in dir steckt, schon jetzt..."

Dankbar erwiderte sie seinen Blick.

Er wusste, dass seine Zeit mit ihr dann zu Ende gehen würde. Ihr Leben gehörte Leon, ihm vor allem würde sie es hingeben, und so musste es sein. Seine Trauer darüber war rein, aber sie war da...

„Woran denken Sie?"

Ihre Frage riss ihn aus seinen Gedanken.

Er lächelte ein wenig bemüht.

„Ich dachte daran, dass unsere Zeit zu Ende geht. Du wirst deine Zeit nicht zwischen mir und Leon aufteilen, und das ist auch ganz richtig so. Meine Liebe kann dich gehenlassen, und doch ist ein Abschied dann nicht weniger schmerzvoll. Er bleibt so traurig wie der Tod selbst..."

Erschrocken weiteten sich ihre Augen.

„Aber wir werden uns doch nicht wirklich ganz verabschieden!?"

„Das liegt gar nicht bei mir, sondern ausschließlich bei dir, Saskia. Aber ich will dich um keinen Preis irgendwie binden. Ich kann es auch gar nicht. Deine Liebe zu Leon wird jede einzelne Stunde *seine* Gegenwart zu dem Wichtigsten machen, was es für dich gibt.

Wenn es aber doch einmal eine Stunde für mich gibt; wenn du dennoch weiterhin für mich eine Freundschaft empfindest; wenn ich dir ab und zu in manchem Rater oder einfach nur Zuhörer oder wobei auch immer ein Begleiter sein darf, werde ich immer glücklich sein. Du wirst in meinem Herzen sein, und mein Herz wird jubeln, wenn du auch leibhaftig einmal mit mir sein wirst, wenn unsere Lebenswege weiterhin verbunden bleiben werden, um sich manchmal zu berühren...“

Sie wurde traurig.

„Jetzt gebe ich Ihnen schon wieder Schmerz. Das tut mir so leid... Aber ich *verspreche* Ihnen, dass ich Sie nicht vergessen werde. Ich werde mich trotzdem immer wieder mit Ihnen treffen. Sie sind für mich mehr als ein Verwandter, Sie sind ein wirklicher Freund – und das bleiben Sie auch... Glauben Sie mir das?“

Ein tiefes Glück durchströmte seine Seele.

„Ja, Saskia, dir glaube ich alles.“

„Können Sie mir schon morgen mehr von Ihren zwei Wochen auf der Insel erzählen? Bitte...!“

Unendlich berührt sah er sie an.

„Ja, von Herzen gern. Du machst mich wirklich so glücklich ... liebe Freundin...“

*

Als sie sich später schließlich an der Ecke der Straße, an der sie abbiegen musste, verabschiedeten, umarmten sie sich. Es war eine Geste, in der Vertrauen und Dankbarkeit lagen. Eine

Berührung, in der zwei Herzen so rein blieben, wie sie waren...

Nachsinnend ging er nach Hause. In den nächsten Wochen würde er versuchen, eine wirkliche Beziehung zu seinen Kindern aufzubauen. Er fühlte, dass er dafür nun vollkommen andere Kräfte hatte und dass ihm täglich neue Kräfte zuströmten, mit deren Hilfe vielleicht etwas ganz Neues noch immer möglich werden würde. Und auch in Bezug auf eine wahrhaft menschliche Beziehung zu seiner Frau würde er noch einmal alles in seiner Macht Stehende versuchen. Die vielen, vielen Jahre, die etwas geschehen war, was er selbst nicht verstand, mussten zu Ende sein. Und vielleicht würde auch hier etwas Neues entstehen, eine Art Heilung. Sonst müsste er einen eigenen Weg gehen, ohne sie.

Immer wieder aber musste er all dies Saskia verdanken – und jenem hohen, heiligen Wesen, durch das ihm sogar die Begegnung mit Saskia noch geschenkt worden war. Immer wieder aber kehrte sein Bedürfnis zurück, an sie zu denken – sie, die für immer ein geheimer Mittelpunkt seines Lebens bleiben würde.
Auf der Welt gab es ein Wesen, das als Mensch, nicht als Gotteswesen, alles umfasste, was ihn je berührt hatte. Das reines Vertrauen hatte, eine zarte Anmut, eine selbstlose Seele, eine weibliche, zurückhaltende, junge Schönheit, eine tiefe Fähigkeit der Zuneigung. Ein einzigartiges Wesen. Jede einzelne, noch die winzigste Geste dieses Wesens war unverwechselbar und berührte ihn zutiefst. Selbst ihren Namen liebte er noch. Saskia...
Er gedachte ihrer nun ohne alles Begehren, nur noch mit der Sehnsucht, dass er das Geschenk ihrer Gegenwart nicht ganz verlieren möge. Er würde auf alles verzichten, wenn er müsste, es war nur eine reine Hoffnung, die Hoffnung einer reinen Liebe...